メディアワークス文庫

いらっしゃいませ　下町和菓子　栗丸堂3
鳳凰堂の紫の上

似鳥航一

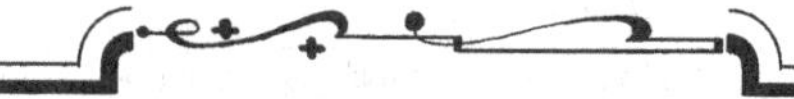

栗田 仁【くりた じん】

浅草の老舗和菓子屋を継ぐ若き四代目。かつては不良だった時期もある。だが、努力家で子供の頃から技術を叩き込まれていたこともあり、和菓子職人としての腕はかなりのもの。

鳳城 葵【ほうじょう あおい】

和菓子に詳しい不思議な雰囲気の美人。仇名は和菓子のお嬢様。のんびりした喋り方とは裏腹に芯は強く、和菓子のことになると一歩も引かないところもある。

浅羽 怜【あさば りょう】
自称、栗田の永遠のライバル。細身で優男だが非常に毒舌。その因縁は小学生の頃から続く、悪友にして幼馴染み。

八神由加【やがみ ゆか】
栗田や浅羽と同じく下町育ちで、現在は雑誌のライターをしている。情に厚いところがあるが、ちゃっかり調子がいい面も。

マスター
近所の喫茶店のマスター。栗田とは古い付き合いで兄貴的存在。顔が広く、あっと驚くような人脈を持っていたりする。

赤木志保【あかぎ しほ】
栗丸堂の販売・接客を担当。ちょっときつめの美人で、実際思ったことははきはきと言う性格。威勢のよい江戸っ子気質の女性。

中之条【なかのじょう】
中学卒業と同時に栗丸堂で働き出した和菓子職人。ちょっと頼りないが、気さくな性格で、栗田を兄貴分として慕っている。

上宮 暁【うえみや あきら】
かつて葵に匹敵する神童と呼ばれていた元和菓子職人。仇名は和菓子の太子様。今は東京の大学に通っている。

弓野 有【ゆみの ゆう】
浅草で夢祭菓子舗という和菓子屋を営む青年。一癖ある性格だが、実力はかなりのもの。上宮には頭が上がらない。

秦野勇作【はたの ゆうさく】
日本橋にある老舗の興信所、ＳＴリサーチの敏腕調査員。上宮暁とは年が離れているものの、付き合いの長い友人である。

目　次

巡る季節と、折々の情景。

四季の変化に彩られて時は緩やかに流れていく。

不変だと思われていた風物も少しずつ様子が移り変わっていく。

だが変わらないものもある。

東京、浅草。

下町の人々が行き交うオレンジ通りに、一軒の和菓子屋が密やかに佇んでいる。

明治時代から四代続く老舗で、唐茶色の暖簾に書かれた文字は、『甘味処栗丸堂』。

中に入ると、ショーケースに並んだ数々の和菓子があなたを出迎える。

素朴ながらも多様な形と上品な色合いは、あなたの頬をきっと緩ませるだろう。

時が流れても、どんな事情があっても——。

栗丸堂は今日もそこにある。

あなたはこの店で心和む幸せな一時を過ごすかもしれないし、新たな驚きに遭遇するかもしれない。

あんこ巻き

舞い散る雪が地面に白い薄化粧を施している。

長屋風の建物が連なる裏通りで足を止めると、秦野勇作は空を仰いだ。

細長く切り取られた空に浮かぶ太陽が淡い光を地上に投げかけ、その中を花びらのように薄い雪片が降っている。

どこか幻じみた光景だ。

ここは月島、西仲通りの路地――。

「晴れてる日にちらつく雪を、確か風花って呼ぶんだったな」

秦野は空を見上げて独りごちた。

「冬の上生菓子の名前でよくあるんだ、風花。大体、甘くて美味しい。すぐ甘いものを連想する俺も大概だけどな。まさに――風花より団子」

そんな大雑把な諺もどきを口にして視線を下ろすと、軒に下がる赤い提灯が目に入った。

少し先にある、もんじゃ焼きの店だ。屋号は〝路地裏屋〟というらしい。

「あれか」

目的の店を見つけた秦野は腕時計に目をやる。時間もほぼぴったりだ。

秦野は針金のように瘦せた長身の男。黒いスーツを着て、パーマのかかった髪を外にはねさせ、愛用の中折れ帽をかぶっている。趣味は甘いものの食べ歩きと、自身が運営するスイーツブログの更新。

職業は興信所の調査員だ。日本橋にある老舗の総合興信所、STリサーチではそれなりの腕利きで通っている。

今は本日分の調査を終えた帰りだった。

社屋のある日本橋に戻る前に、ここ月島で遅めの昼食をとろうとしている。

たった今見つけた路地裏屋は、友人に先日勧められた、もんじゃ焼きの店だった。

年下ながらも万事に耳聡い彼によれば、その日のその時刻にその店へ行くと、珍しい体験ができるらしい。先入観にとらわれない感想を教えてほしいからと言って詳細は教えてくれなかった。

「ま、きっと特定の日時にだけ食べられる珍しいメニューがあるんだろ。和菓子に詳しいあいつのことだ。あんこの入った甘いもんじゃ焼きだろうな」

秦野は口角を上げる。

「だが残念。俺だって和菓子探偵と呼ばれる男……。いや、呼ばれてないが、自称する男。あんこ巻きなら食べたことあるんだよ。まぁ一応、行ってはみるけどな」

あんこ巻きとは小麦粉の生地を薄く伸ばして鉄板で焼き、中に餡を包んだ菓子だ。東京のもんじゃ焼きの店などで食べられることがある。

安土桃山時代、千利休が茶会の茶菓子として作らせていた和菓子〝麩の焼き〟に、起源があると秦野は睨んでいるが、真偽は定かではない。

「ああ、なんか考えてたら久々に食べたくなってきたな、あんこ巻き――」

秦野は帽子の角度を直すと、再び歩き始めた。

鉢植えが沢山置かれた路地裏屋の店先に辿り着き、横開きの扉を開ける。

刹那、違和感を覚えた。

――なんだ？

奇妙な雰囲気だった。

店内は明るいが、やけに静か。カウンター席に客がひとりいるだけで、他はすべて空席だ。淡黄色の壁に飲み物のポスターやカレンダーが貼られ、鉄板が埋め込まれた四人掛けのテーブルがぽつぽつと並んでいる。

戸惑いながらも秦野は静かに壁のくぼみにある目立たない位置のテーブルについた。

店員は客が来たことに気づいていない。知人の話では、ひとりで切り回している店だそうだ。今は気を配れない状況なのだろう。

カウンターには緊迫した空気が立ち込めていた。

そこにいるのは二名だけ。店主の女性と、客の男性が向かい合っている。

カウンターの内側で腕組みしている店主は、白いものが交じる長めの髪を後ろで束ねた、六十代くらいの女性だ。黒と紫色の作務衣（さむえ）を身につけ、対面したカウンター席の客に厳しい視線を向けている。

そして客の方は――。

――あれ？

秦野に背中を向けているから気づくのが遅れたが、髪型や背格好に見覚えがある。

席から身を乗り出し、斜めから見ると、やはり知っている人物だ。

柔らかそうな猫っ毛の髪に動きのあるパーマをかけた、人懐こい雰囲気の男。年齢は確か四十歳前後だ。メディアに出る際はいつもスーツだが、今日は高級感のある黒いシャツを着ている。

――宇都木雅史（うつぎまさふみ）。

敏腕で知られる実業家だ。

　宇都木は大学在学中にインターネット広告ビジネスで起業し、その後も複数の会社を立ち上げて成功へ導いた。近年はスマートフォンアプリの開発会社が高い業績を上げている。

　社会活動にも熱心で、たびたび高額の寄付を行い、それをＳＮＳで自ら話題にすることで世間に働きかけてもいた。

　近年は日本文化の保護と拡大を謳い、そのための団体や施設を作ったりなどして、積極的に活動している。高名な茶道流派、白鷺流とも懇意にしているそうで、とかく話題に事欠かない人物だ。

　そして――弓野有の叔父でもあった。

　秦野の知人でもある弓野が、若くして浅草で和菓子屋を始めることができたのは、叔父である宇都木の資金援助のおかげなのだ。弓野本人から秦野はそう聞いている。もっとも、宇都木と秦野には面識がない。あくまでも秦野がメディアを通して一方的に見聞きするだけの関係だ。

　――名うての人気経営者の宇都木が、ここでなにしてんだ？

　離れた席から秦野はふたりの会話に耳を澄ます。

「しかし予想もしないでしょうね、往年の同業者の方々も。あの林伊豆奈が東京で粉ものの店をやっているなんて」

宇都木が響きのいい声で言った。メディア慣れした彼の語り口調は耳に心地いいが、今はどこか挑発的なものが根底に感じられる。

「常連客ばかりの店だからね。自分で焼いて自分で食べる――。あたしは材料を用意するだけさ。なにからなにまで作らなくていい分、今は楽で居心地がいいんだよ」

林伊豆奈と呼ばれた作務衣姿の女性が、宇都木の言葉を受け流すように言った。

伊豆奈――どこかで聞いた名だが、思い出せない。秦野は黙って様子をうかがう。

「心外ですね。ようやく探し当てたのに、覇気のないことを」

宇都木が微苦笑すると、対面の伊豆奈が腕組みして呆れたように息を吐いた。

「あたしに言わせりゃ、そっちのしてることが的外れだよ。まったく意味がわからない。あのね――あたしゃ、とっくに引退した身だよ。なにもかも、時の彼方に置いてきてしまった。あたしが今年で何歳になると思う？　もう六十五だよ」

「お若いじゃないですか」

宇都木が微笑んで続けた。

「それに、あなたの伝説は今も色褪せていない。破った者は誰もいません」

「まだそれを言うか」

「百戦無敗」

宇都木が不敵な目つきで続けた。

「何度でも言いましょう。かつて勝負師と呼ばれた和菓子職人、林伊豆奈さん。私が執り行う史上初の催しに参加していただきたい」

その瞬間、秦野は思い出す。

――風の噂で聞いたことがある……あの人か！

昭和の時代、大阪に勝負師と呼ばれる凄腕の和菓子職人がいたという。

それが林伊豆奈。

異名の由来は文字通り、勝負を繰り返したからだ。

伊豆奈は実家の和菓子屋の経営苦を救うため、様々な菓子展やコンテストに参加しては優勝し、人々の耳目を集めた。実力勝負で話題作りを行ったのだ。伊豆奈は一度も負けることなく頂点に立ち続け、平凡な店に箔をつけていった。

いつしか伊豆奈は、百戦無敗の勝負師と呼ばれるようになる。

もちろん、実際に百戦したわけではないのだろうが、異名とは誇張されるものだ。

とにかく公式の場では必ず優勝し、一度も負けなかったらしい。

それは多くの和菓子職人にとって、人知を超えた偉業――。

神がかっている。

だからだろうか。彼女の店は大阪の堺市にある大仙陵古墳の近くにあったため、いわゆる仁徳天皇陵にかこつけて、仁徳の伊豆奈とも呼ばれていたという。

秦野は興奮で拳を握った。

――あの仁徳の伊豆奈がここにいたとは……！　若く見えるけど、還暦を過ぎてたんだな。でも宇都木は彼女になにをさせようってんだ？

秦野が固唾を呑んで見ていると、伊豆奈も似たことを考えていたようだ。

「その史上初の催しってのが意味不明なんだよ、宇都木さんとやら。一体なにがしたいんだい？」

「いやだな。最初に説明したじゃないですか」

宇都木が軽く首をすくめて語る。

「和菓子職人の無差別勝ち抜き戦――腕に覚えのある俊英を集めて、しのぎを削ってもらうんですよ。最高の和菓子を作れるのは誰なのか？　誰が最も腕の立つ職人なのか？　必ずしも現役でなくてもエントリーできる、プロアマ問わない祭典です。優勝者には莫大な賞金を贈呈する予定。いやぁ、これは盛り上がるでしょう。日本文化が誇る和菓子に、誰もが興味を持つこと間違いなし！」

——和菓子職人の勝ち抜き戦だって……？

宇都木の話に秦野は度肝を抜かれたが、伊豆奈は目をすっと細めただけで、なにも言わなかった。

「正式な発表はもう少し先なんですけどね。どうしても参加してほしい方には現在、内々に打診中なんです。ちなみに私の甥も参加しますよ」

「すまないが、興味ない」

「そうですか？」

宇都木はかすかに笑ったようだった。

「ともかく、莫大なお金が動く催しです。万が一、体調不良などで出られない場合も勝負が成り立つように、ふたり一組でエントリーしてもらいます。ひとりが実作業を担当。もうひとりが補佐役でもいいですし、二名の均等な分業でも構いません。作業をどう割り振るかも実力の一部ですからね」

いったん言葉を切った宇都木に、伊豆奈は無言で先を促した。

「ただし——あなたは特別です、林伊豆奈さん。一名での参加を望むなら喜んで許可しますよ。昭和の伝説には、こちらも相応の敬意を払いたい」

「あんた、本気で言ってるの？」

「冗談でこんなことが言えますか？」

宇都木が爽やかに問い返すと、伊豆奈は唇を引き結んで思案する。

息詰まるような沈黙が広がった。

やがて伊豆奈は顎を引くと、相手の心奥まで見通すような目つきで口を開く。

「宇都木さんとやら——本当の目的はなんだい？」

一瞬、宇都木の顔に驚きの色が浮かんだ。

だが、すぐに彼は前と寸分たがわない、柔和な表情を取り繕う。

「私の目的は、愛する日本文化の保護と拡大のために、少しでも——」

「なにが目的だい？」

間髪をいれずに伊豆奈が問いを重ね、今度は宇都木が口をつぐむ。

ひりつくような静寂の中、ふたりは睨み合った。

ややあって宇都木が嘆息し、意外な話を切り出す。

「ではカードを一枚切りましょう。上宮暁という人物をご存知ですか？」

「上宮……？」

突然なんの話だと言いたげに伊豆奈が眉をひそめた。傍観者の秦野は、それ以上に困惑する。——どうしてここで上宮の話が出てくるんだ？

宇都木がカウンターに肘を乗せて身を乗り出す。

「上宮暁は、かつて和菓子職人だった青年です。今は都内の大学に通う大学生。そうですね——今からもう九年以上も前の話になるのか。奈良の御菓子司夢殿の本店で、神童の名を欲しいままにしていました」

「ああ——」

伊豆奈が目を見張った。

「あの話か！ 聞いたことがある。噂でね。関西の和菓子職人で、御菓子司夢殿を知らないやつは半可通さ。少なくとも、昔はみんな古き上宮家の隆盛を知ってた。もっとも、あたしはその暁って子と関わったことはないけどね。いかんせん、世代が違いすぎる。今は大学生なんだろう？」

「年の差、四十歳以上というところですか」

「まったく。——でもねぇ。才能がある者はいつの時代にもいる。あたしが引退した後も、きらめくような才覚の持ち主が大勢いた。それが正当に評価されるかどうかは単に時代の気分だよ。彼らにはなんの落ち度もない。昭和は和菓子職人にとって、いい時代だった。それだけの話さ」

「神童は埋もれているだけで、大勢いるんだということですね？ 含蓄のあるご意見、ありがとうございます。では、もうひとつ質問してもよろしいですか？」

「なんだい」

「勝ち抜き戦で当たったとして――伊豆奈さんなら上宮暁に勝てますか？」

ぴりっと切迫した静寂が立ち込めた。うっかり近づいたら感電しそうだ。

やがて伊豆奈が思慮深い表情で、

「勝てる。確実とは言えないが。勝率はせいぜい九割だろう」

ぽつりとそう言った。

「九割……？」

「その手の輩との勝負には慣れている。裏を返せば、彼らは不器用なんだ。普通ではない異才だと皆に感じさせてしまう心技の未熟さを、どうしても克服できないってことだからね。自然の中から不自然を作るのは容易いが、逆は違う。賢い者なら天賦の才を、最終的な瑕疵だと自覚することもできるだろう。上宮暁って子は聡明だからこそ、和菓子の道を離れるしかなかったんじゃないのかい？」

「それは――勝負師ならではの、非常に面白い着眼だ」

「どうだかね。世間の流れから取り残された、孤独な女の戯れ言じゃないか？　でもあんた、なんだってあたしにそんなこと訊くんだい」

「聖徳の和菓子に勝てるのは、仁徳の和菓子しかないと常々思っていまして」

「は？」

「聖徳と仁徳」

「宇都木さん。あんた、人の話ちゃんと聞いてた……？　今のは仮定のお遊びで、あたしはとうに引退した身だ。そんな大層な勝ち抜き戦に出る気なんて、さらさらないんだよ。上宮暁って子にもなんの興味もない」

木で鼻をくくったような伊豆奈の対応に、宇都木は予想通りと言いたげな余裕のある態度で、奇妙な表情を唐突に浮かべた。

笑顔だ。ただし、誰も見たことのないような異様な笑み——。

にいっと頬肉を持ち上げ、目を大きく見開き、白い歯を剝き出しにしている。

なんだあれは？

冷水をかけられたように秦野の背筋に鳥肌が立った。まるで能面が破顔しているようだ。それは日本屈指の好感度を誇る人気経営者が、およそ衆目の前で見せたことのない不気味な笑みだった。

「では、鳳城の血に連なる者ならいかがですか」

「なに……？」

伊豆奈の表情が急に変わった。「鳳城だと？」

「勝ち抜き戦に出てきます」

宇都木にそう告げられた伊豆奈の顔は、今までにない当惑の色を帯びていた。

しばしの沈黙の後、伊豆奈は顎を引いて口を開く。

「あんた――本当になにが目的なん？」

動揺の表れだろうか、伊豆奈の言葉の発音が関西風になっていた。

宇都木は答えず、精緻に整った恐ろしい笑顔で質問を続ける。

「〝彼女〟の意志を継ぐ者に挑まれたら――今のあなたは勝てますか？」

誰も口を開かない。身動きすらしない。

身の毛がよだつ空気の中で、時間が凍りついてしまったようだ。

理解不能の異常な緊張感の中、秦野は息をするのも忘れて事態を見守った。あんこ巻きを食べたいと思っていたことなど、とうの昔に忘れていた。

おしるこ

「――本年もご来店、ありがとうございました！」

年内の営業を気分よく締め括るため、栗田仁は同僚の中之条とともに作業場を出ると、ショーケースの前で今年最後の客に頭を下げた。

「うんうん、こちらこそありがとう。来年もまた美味しい豆大福、食べさせてね」

初老のお得意様が、商品の入った紙袋を大事そうに抱えて応じる。

夕食後にそれを食べながら、伴侶と紅白歌合戦を見るのだそうだ。にこやかに会釈して外へ出ていき、店内から客がいなくなる。

そして栗丸堂の中には栗田たちだけが残された。

「ふう――。毎年思うけど、長いようで今年もあっという間だったな」

充実感の滲む息を吐いた栗田は、この和菓子屋兼甘味処、栗丸堂の四代目。整った顔立ちと黒髪が印象的な、引き締まった痩身の青年だ。

元不良少年のせいか、酢豚にパイナップルが入っているのを見ると一瞬、鬼のような顔をすることがあるが、食べ物は粗末にしない主義だから一応残さず食べる。

幼い頃に仕込まれた製菓技術に自分なりに磨きをかけ、最近では腕は確かだと評判もいい。仲間と様々な縁にも恵まれて、今年もなんとか収支を黒字で終えることができた。

今日は十二月三十一日。

大晦日はいつもより早く十八時で閉店し、大掃除をしてから仕事納めとするのが栗丸堂の習わしだ。

年始の営業は四日から。それまで束の間の正月休みになる。

「思えば色々ありましたよね、今年も。とくに秋の台風の被害で、店がぺしゃんこに潰れたときはどうなることかと思いました」

中之条が栗田の隣で感慨深そうに言った。

「いや、潰れてねえよ！　飛んできた看板のせいで、入口のところが派手に壊れただけだろ。ま、俺の気持ちはぺしゃんこにへこんだけどな」

「うまい、栗さん。座布団一枚っ」

「別にうまくねえから。むしろ下手だから……。で？　これからどうするんだ、中之条は？」

「僕はアパートに帰って荷造りです。明日の早い時間に帰省して、三箇日は実家で過ごそうと思ってまして」

「お、そっか」

「やっぱりお正月くらいは親元でのんびりしたいですからね」

「ん……。そうかもな」

「まあ、なにかにつけて家族が構ってくるんで、意外とのんびりできなかったりもするんですけど」

「どっちなんだよ！」

あれこれ言いつつも帰省を楽しみにしていそうな中之条は、栗田の右腕として日々の製菓作業を担当している和菓子職人だ。お調子者だが、人懐こくて憎めない、栗田の弟分のような存在である。

「まぁいいや。中之条は実家に帰るとして——志保さんは？」

栗田は店の販売と接客を担当している赤木志保に顔を向ける。

志保は栗田と同様に浅草育ちで、頼りになる年上の女性だ。実家はもちろん浅草だから、中之条のように荷造りの必要はない。

「あたしはもっぱら家の手伝いだねぇ。親戚が大勢来るから、色々と大変でさ」

志保が片手で自分の肩をとんとん叩きながら答えた。

「ああ、そりゃ気苦労が多そうだな。酒癖悪いのがいたりするんだろ。で、なんかしつこく絡んできて、うざっ——みたいな」

「うざくはないよ。これでもあたしゃ酒癖がいいんだ。大らかな自然体で、ずーっと飲んでる。酔っ払ってもせいぜい、あたしの酒が飲めねぇのかいって、据わった目で睨むくらいだね」

「自分が飲むのかよ！　手伝いも全然してねえじゃねえか」

「それもまた、場を華やかにする手伝いってやつなのさ」

「……ものは言いようだな」

「ただ、親戚の子に、お年玉をあげなきゃいけないのがねぇ。人数が多いから、地味に痛い出費で」

なにはともあれ、志保の顔も機嫌よさそうに綻んでいるから、親戚一同に会うのが楽しみでもあるのだろう。

そんな話をしながら栗田たちは店内を掃除した。その後、中之条と志保は着替えて支度すると、勝手口から出る。

見送るために、栗田も夜の帳が下りた店の外へ出た。

「それじゃ栗さん、本年もお疲れ様でした！」

「来年も頑張っとくれよ、栗丸堂四代目！」

両者に改まった挨拶をされた栗田は、「ああ」と力強く答える。

「ふたりのおかげで今年も乗り切れた。正月明けから、またよろしく頼む」

「はーい」

「そんじゃ、よいお年を」

中之条と志保は手を振ると雷門通りへ向かっていき、角を曲がって見えなくなる。

栗田はひとり薄闇の中に立ち、澄んだ冬の空気を深く吸い込んだ。

大晦日だけに既に閉まっている店も多いが、オレンジ通りは今も意外と人通りが多い。それもそのはずで、近くに多くの初詣客が集まる浅草寺があるのだ。

これから深夜に近づくにつれて、通りを一本隔てた仲見世通りには、熱い甘酒や缶コーヒーを手に、参拝客が長い行列を作る。

あの賑わいには一見の価値があると栗田は思っている。

──弓野のやつにも教えてやればよかったかな。

栗田はちらりと考えた。

弓野有は関西出身の和菓子職人で、栗田と同世代。近くの国際通りに暖簾を掲げる夢祭菓子舗の若き店主だ。

容姿は純粋無垢（むく）そうな好青年だが、性格に癖があり、彼と絡むと大抵は面倒臭いことになる。ただ、根は悪人ではなく純粋に天然――。

少し変わった環境で成長したせいではないかと栗田は推測している。

まあ、それを訊くと、また面倒臭いことになりそうだから口にはしていないが。

関西から来た弓野は浅草の風物詩を詳しくは知らないだろう。地元の人間としてはもったいないことだと思う。ホッピー通りの煮込みの美味しい店や、除夜の鐘つきを見るための穴場など、多少は教えてやるべきだろうか？

「どうすっかな」

ふと栗田は先日の定休日に、雷門通りのアーケードで弓野に偶然出くわしたときのことを思い出した。

愛用のミリタリージャケットを着た栗田が、細身のパンツのポケットに手を入れて歩いていると、彼が栗田を見つけて駆け寄ってきたのだった。

「栗田くんっ」

「お？　なんだ、弓野じゃねえか」

「休日にこんなところで会うなんて奇遇だね。どこ行くの？　競馬場？　パチンコ？　雀荘（じゃんそう）？　それとも地下ギャンブル場とか？」

「浅草に地下ギャンブル場はねえ！　今の日本で、最古の地下街はあるけどな。や、もうすぐ今年も終わりだし、正月飾りを買いに行くだけだよ。つーか、根拠もなく人をギャンブル依存症扱いすんの、ほんとやめてくんない？」

「賭け事やらないの？　イメージと違うなぁ」

「調子に乗んなよ。隅田川にぶち込むぞ」

「ごめんごめん。仲良し同士にも礼儀ありだね」

弓野が仔猫のように無邪気な笑顔で謝った。

「でも、ふうん——そうなんだ。正月飾りって発想は僕にはなかったよ。浅草の人って、やっぱり伝統的な風習を大事にするんだね」

「浅草は関係ないだろ。人それぞれなんじゃねえの」

栗田は無造作に黒髪を掻いて続けた。

「で、お前はあれか？　やっぱ正月は関西の実家に帰るのか？」

「帰らないよ。色々あってね。怖いことになるから帰れないんだ」

弓野が明るく答えた。

「おう……」

迂闊に聞いちゃまずいこと聞いちまったかな、と栗田は少し戸惑う。

「三箇日はこっちのマンションで、ゆっくり過ごすつもりだよ。一日中スマホに張り付いて、ＳＮＳ三昧の予定。楽しみだなぁ」

「そっか。ま、自分の好きなことして過ごすのも悪くねえ正月休みだな。面倒は起こすなよ」

「やだな、栗田くん。常識人の僕が面倒なんて起こすわけないじゃない」

「どの口が言うんだ？」

という益体もない会話をして、その日は別れたのだが――。

一連のやりとりを思い出しただけで栗田は満足した。

「オーケー、ほっとこう。あいつはあいつで今頃は好きに過ごしてるだろ」

栗田は踵を返して店の中へ戻る。階段をのぼり、二階にある自分の部屋で、卓上の時計にちらりと目をやった。

日付が変わるまで、あと五時間――。

普段ならまだ営業中の時刻のせいか、妙に落ち着かない。

否、違う。仕事が終わったことで気を逸らせるものがなくなったからだ。

というのも、じつは栗田にとって真に重要な出来事はこの先に控えている。明日の予定を考えると、到底くつろぐ気分にはなれなかった。

——少し体でも動かすか。

栗田はストレッチをしながら、先日、鳳城葵と交わした約束を思い返した——。

葵は、今年の初夏に栗田の方から告白して付き合い始めた、一歳年上の恋人だ。ナチュラルな心優しい性格で、和菓子に関する知識と才能は傑出している。

仇名も〝和菓子のお嬢様〟。

お嬢様というのは文字通りの事実で、彼女は赤坂鳳凰堂という和菓子メーカーの社長の娘でもあるのだった。

明治時代からの老舗とはいえ、一介の和菓子屋の主人と、パリとニューヨークにも販売拠点がある国内最大級の和菓子メーカーの娘——そう考えると若干たじろぐ部分もあるが、お互い好きになった以上、なんでも乗り越えられるはずだ。大切なのはふたりの気持ちだと栗田は思っている。

そして交際というのは、お互いについて、より広く深く知っていくことだろう。

だから先日、葵に頼んだのだ。——一緒に初詣に行き、その流れで葵の両親に会ってみたい、と。

「任せてください。うちの家族と栗田さんが楽に触れ合える、なにかいい方法を考えておきます」

葵はにっこりと嬉しそうな笑顔で請け負ってくれた。

そして葵は家族と話し合い、結果として明日元日、両親と浅草寺へ初詣に来ることを約束してくれたのである。

彼女が両親とともに、元日に地元まで来てくれるという大がかりな展開。

喜ばしいが、これは栗田も絶対に失敗できない。

初めて会う、彼女の両親。

初めて行う、彼女の家族との行事。

果たしてうまくやれるのか？　想像すると鼓動が速くなる。喜びと不安、畏怖と高ぶり――複数の巨大な感情が胸の中で渦巻き、じっとしていられなかった。

「ふっ――くっ！」

いつしか軽いストレッチではなく、腕立て伏せをしていた栗田だが、ふいに一階から電話の音が聞こえる。

誰かが店の固定電話にかけてきたらしい。

「ったく、誰だよ大晦日に。まぁ今日は何時までやってますかとか、そんな問い合わせだろうけど」

栗田は一階に下りると、親の代から使っている古い固定電話に出る。

「はい、栗丸堂です」

直後に栗田は眉をひそめた。「はあ、はあ……」といかにも怪しい呼吸音が聞こえてきたからだ。

待つこと数秒。相手はとくに名乗る気配もない。

なんだ変態か、と栗田は呆れる。今時まだこんなことをする阿呆がいるとは。

「当てが外れたな。どうせ適当にかけてきたんだろうけど、俺、めっちゃ男だから。ボクサータイプの黒いパンツ穿いてる、ばりばりの男子だから。あと、こういうことしてると、いずれ痛い目見んぞ。――じゃ」

栗田が無造作に受話器を置こうとすると、「ひゃー、待ってください！」と狼狽した言葉が響く。その声には聞き覚えがあった。

「――葵さん？」

「はあ、はあ……。すみません、栗田さん。わたしです、葵です！」

「やっぱ葵さんか。どうしたんだよ？　息とか落ち着いてからでいいからさ」

「は、はい！　ボクサー、黒、ばりばりの――。ふうっ！」

受話器の向こうで葵が深呼吸している。

葵さんから電話してくるなんて珍しい、と思いながら栗田は眉の横を掻いた。

お嬢様育ちの葵はスマートフォンを持っていないのである。

だから連絡はわりと気まぐれで、馴染(なじ)みの喫茶店か栗丸堂を直接訪れ、帰るときに次回の予定を知らせていくことが多い。電話が発明される前の時代は、それくらい余裕があるのが普通だったのだろうが。

乱れていた呼吸が元に戻ると、葵は短く嘆息して切り出す。

「やー、明日のことがありますから、栗田さん、緊張してるんじゃないかと思いまして。ウィットに富んだ小粋なトークで楽しませて安心させたかったんです。でも不覚ですね。気が動転してたのは、むしろわたしみたいでした」

「お、おう……。だから息切れしてたのか」

「色々考えてたら、どきどきしてきちゃって――。もう大丈夫ですから、ご安心ください」

スマートフォンではなく固定電話にかけてきたのも、そのせいらしい。どのみち家には栗田ひとりしかいないから同じことだが。

「葵さんは、そこ自宅？」

「ええ。周りには誰もいないですよ」

「そっか。――ありがとな、葵さん」

葵の心づかいを嬉しく思い、栗田は誇らしさで胸が膨らむ。

大きな出来事を明日に控えたこの夜、不安で緊張しているのはお互いに同じ。そんな状況で、相手のために行動を起こせるのは、やはり尊敬に値することだ。

「どうですか栗田さん、明日の件。なにかわたしの方で用意していくものってありますか？」

「ん、とくにねえよ。葵さんはもう充分、大仕事をやってくれたからな。今度は俺が気合を見せる番だ。それにしても、わざわざ浅草までご両親が来てくれるなんて、ほんと光栄だよ」

「やー、うちの両親も一度、浅草寺に初詣をしてみたかったようなので。なんやかんやで東京で一、二を争う初詣先ですからねー」

「そっか。……気に入ってくれるかな」

「もちろん気に入ってくれますよ。栗田さんのことも、浅草のことも」

「ん。だといいんだけど」

「きっと大丈夫！」

言葉を交わしながら、栗田の頰は徐々に熱を帯びていった。

どう表現すればいいのか——意識してしまう。今ここにあるのは他人が介入できない、柔らかで繊細な声の通路。ありのままの感情が直接やりとりされているようだ。

　やがて栗田はぼそりとこぼす。

「だけどさ。なんかいいよな、こういうの」

「ん？　どういうのですか？」

「あ、いや……深い意味はないんだけど、葵さんの声を聞いてると落ち着くっつーか、穏やかな気持ちになるっつーか。——嫌いじゃない」

「そうですか。よかった」

　葵が嬉しそうに声を弾ませて続けた。

「じゃあ今夜はぐっすり眠れますね」

「ああ。おかげでマジで楽になった。考えてみれば、今更あれこれ心配したって仕方ねえ。俺は俺だ。明日は自然体で、葵さんとご両親を精一杯おもてなしするよ」

「やー、ありがとうございます、栗田さん。わたしも心から楽しみですー」

　それほど長時間話していたわけではないが、気持ちが通い合った感覚があった。きっと明日はうまくやれるはずだ。

　——いや、やってみせる。

　気負わず、それでいて固く決意が定まる。今は明日が来るのが逆に待ち遠しい。

「ところで葵さん、もう夕飯は食べたのか？」

「ええ、ほんの少しだけですけど。明日のことを思うと胸がつかえて、あまり食べられなかったんです。おそばとお寿司と天ぷらと鯛の姿焼きと——」

「お、おう」

「あと、食後に大福とアイスクリームを少々」

「そっか……」

大晦日の夜は、ふたりの受話器越しの親密な会話で更けていく。

＊

電話を終えた栗田が静かな充足感に浸っていると、スマートフォンにＬＩＮＥのメッセージが届いた。

綻んでいた顔が一気に仏頂面に変わったのは、『来ちゃった。家の前まで』という、腐れ縁の男友達からの一文だったからだ。

渋面で玄関の扉を開けると、笑みを浮かべたふたりが立っている。

「よう栗田。鏡の前で全裸の自分を見ながら、『美しい……』なんて呟いてたところに急に訪ねてきて悪かったねぇ」

「えー？　栗くん、そんな趣味あったん？　確かにいい体はしてるけども」

訪ねてきたのは地元の仲間——浅羽怜と八神由加のふたりだった。

「すんな。勝手に人を筋トレマニアのナルシストに捏造すんな……。つーかお前ら、なんの用だよ。これから俺、夕飯作って食べて明日の準備して寝るとこなんだけど」

栗田の言葉に、「なんだ。だったら、ちょうどよかったじゃん」と意味不明なことを口走った浅羽は、都内の理系大学に通う大学生だ。

アッシュグレーに染めた髪と、黒のロングコートと、首に巻いたストール。華のある整った美形の青年だが、その倦怠感の滲む唇から放たれる毒舌には定評がある。

「夕飯これからでしょ？　あたしと浅羽くんで材料買ってきたからさ」

屈託なくそう言った由加は、栗田とは小学校時代からの幼馴染で、派手な外見の活発な女性だ。今は雑誌のライターをしている。

「材料って、なに買ってきたんだよ？」栗田は尋ねた。

「そ・ば」

浅羽が一音ずつ区切って答える。

「ひとりで寂しく年越しそば食べたってつまんないでしょ。明日のこともあるし、俺たちが弄んで――じゃなくて、励まして盛り上げてやるよ」

「ま、ちょっとした激励会ってやつ？　おそばだけじゃなく、お酒も持ってきたし。ほら、ホッピーと焼酎！」

由加がぱんぱんに膨らんだレジ袋を掲げてそう言う。

ふたりとも俺のことを気づかって――と喜ぶ気持ちがないわけではないが。

「お前ら自身が楽しむ気満々じゃねえか！　ったく……いいよ。そんだけ持ってきたのに追い返すのも大人げねえ。まぁ、入れよ」

「話わかるじゃん。アメーバと同じ単細胞生物の栗田にも、人間の言葉が理解できるようになったんだねぇ」

「アメーバ赤いなあいうえお。じゃ、お邪魔しまーす！」

浅羽と由加が三和土で靴を脱ぎ、ぱたぱたと栗田の家にあがる。

アメーバは赤くない、と栗田は低く呟いた。

そして、それから三十分後――。

浅羽と由加が客間で談笑する声を聞きながら、栗田は一階のプライベートの台所で、ひとり黙々とそばを茹でていた。

眉間に縦皺が刻まれているものの、手際はいい。三人分のそばを鍋で茹で終わって水でしめると水気を切り、どんぶりに入れる。作っておいた鰹出汁のつゆを注いだ後、鶏肉と長ねぎを入れ、浅羽たちが持参した海老天をのせた。

「ま、こんなもんだろ……。おーい、できたぞ年越しそば」

和菓子作りだけでなく料理全般が得意な栗田は、浅羽と由加にそばを作ってほしいとおねだりされたのだった。

三人分の年越しそばを盆に載せて客間に持っていくと、ふたりからはアルコールの香りがして、どう見てもできあがっている。

「はぁ？　なに持ってきたの、クソ栗田」浅羽が面倒臭そうに言った。

「そばだよ。見てわかんねえのか、酔っ払い」

「ああ――かけそばならぬ、かけことばかぁ。わかるわかる。そばにいさせてって口じゃ言えないから、そば煮させてって行為で示したんだろ？　キモッ！」

「東京湾に沈めるぞ、この野郎……。あと、そばは煮るんじゃなくて茹でるって言うんだよ。具も入ってるし、かけそばでもねえんだよ。いいから食うぞ」

栗田は座卓の上に、三人分の年越しそばのどんぶりを並べた。すると突然、

「おかわりもういっぱい！」

由加が急にそんな意味不明の陽気な声をあげて、栗田を鼻白ませる。

「先にそばを食え……のびちゃうから。つーか由加お前、呑むペース早すぎ」

「ん？　あたし別に酔ってないけど？　こんなの食前酒、食前酒！」

「典型的な酔っ払いのたわごとだな……。焼酎はちゃんとホッピーで割れっつの」

昼呑みの聖地、浅草のホッピー通りで皆に愛好されるホッピーは、ビールのような風味のノンアルコール飲料（アルコール度数一パーセント未満）。

これで焼酎を割るのがホッピー通りに集う呑兵衛の定番の楽しみ方だが、由加は申し訳程度のホッピーを焼酎に垂らしていただけだった。

「無茶やって肝臓とかやられんなよ。明日のこともあるし、俺はお茶しか飲まないからな。——いただきます」

栗田の言葉に、「いただきまーす」「ごちになりまぁす」とふたりが言い、皆で年越しそばの賞味が始まる。

「ん、旨っ！」

栗田がそばを一口すすって呟いた。「やっぱ空腹は最高の調味料だな」

隣の浅羽が涼しげな顔でうなずく。

「悪くないんじゃないの？　出汁とか、茹で加減もさ」

「美味しい美味しい！　栗くん、そば屋さんでも充分やってけるよ。なんか冬の夜にこうしてあったかいおそば食べてると、大晦日って感じだねぇ」

由加が目を細めて言った。

「ああ、実際に大晦日だからな。もうすぐ今年も終わりだ——」

振り返れば悪くない年だったと栗田は思う。もちろん苦労も困難も多かったが、それらを上回る幸せなことがあった。

具体的には葵と交際を始めることができた。それだけで、もう充分だ。

来年もいい年になるといい——。

三人はなんとなく、しみじみと年越しそばを食べる。酔いも程よく抜けていく。美味しいものを食べている間は浅羽の毒舌も鈍るようで、その後の会話は今年の振り返りや、来年の目標の開陳など、平穏なものだった。

ちなみに四字熟語で表した三人の来年の目標は、栗田が無難に「商売繁盛」。浅羽が浅羽らしく「馬耳東風」。由加が堅実に「箪笥貯金」である。

予想外の話題が飛び出したのは年越しそばを食べ終わった後、物足りないと訴える浅羽と由加のため、栗田が特製の焼きそばを作って卓上に並べたときだった。

「商売繁盛といえば、栗くん、仙台四郎って知ってる？」

由加が焼酎のホッピー割りのグラスを片手に言った。

「ん、誰だって？」

「仙台四郎」

「ちょっと覚えてねえな。同じ中学？　それとも小学校か？」

栗田が尋ねると、「あー、違う違う」と由加は笑って手を振った。

「同級生とかじゃないよ。だって商売繁盛させてくれる霊験あらたかなお方だもん。実在した、福の神様」

「実在した福の神……？　や、まるで意味がわかんねえ。白いブラックコーヒーみたいなもんか？」

栗田が真顔で言うと、壁にもたれた浅羽がスマートフォンをいじりながら笑って、

「栗田ってたまに素でシュールなこと言うよね。意味不明すぎ。仙台四郎はわりし有名だよ」

そんなアンニュイな横槍(よこやり)を入れた。

「浅羽まで知ってんのかよ。どういう人なんだ？」

「まぁ、もうだいぶ前に亡くなってるんだけどね。その人が訪れた店は繁盛するんだって。偶然か御利益かはともかく、きっと実際に似た出来事があったんでしょ」

「ふうん」

「その人、喋るのが苦手だけど、いつもにこにこしてるから皆に好かれててさ。ほどなく誰かが『じつは神様なんじゃないか？』って言い出して、周りもそれに同調して少しずつ崇められるようになったみたい。まぁ、一連の出来事とか経緯を全部ひっくるめて神様なのかもね」

「そうなのか……。しかし、お前もよく知ってたな」

　意外な博識ぶりに感心する栗田に、浅羽が片手をひらひら振って続ける。

「スマホで調べたら書いてあった」

「なんだよ」

　栗田は拍子抜けした。浅羽がスマートフォンを片手に続けた話によると、その人物は江戸時代末期から明治時代にかけて仙台に住んでいたらしい。

　本名は異なるそうだが、没後に仙台市内の千葉写真館が、かつて撮影した彼の写真に『明治福の神（仙臺四郎君）』という題をつけて絵葉書を売り出したことで、仙台四郎と呼ばれるようになった。現在広く知られる、腕組みしながら膝を出して座る姿はこの写真を元にしているという。

「なるほどな。昔は生き神様で、今は民間信仰の福の神様なのか」

　栗田は得心して続ける。

「でもよ由加、なんで唐突にその話したんだ？」

「それがねぇ……。なんか、今の東京にも同じような生き神様が出没するらしくて」

「は？　なんだって」

「いるみたいなの、商売繁盛の福の神様が。その人が栗丸堂に来てくれたら、来年はお店じゃんじゃん儲かるでしょ？」

突拍子もない由加の発言に栗田はまばたきする。

「あの一……大丈夫か？　今になってまた酔いが回ってきたのか？」

「酔ってないし。全然大丈夫だし！」

由加が焼きそばを勢いよくほおばって飲み込み、その後、いみじくも仙台四郎のように腕組みしながら座り直して言葉をつぐ。

「そもそもの発端は今月の頭くらいかな。あたしのライター仕事の取引先の編集部に、郷土史家の人から手紙が届いたの。えっと——石引和夫さんっていう新進気鋭の若手研究家なんだけど」

「ん。悪いけど俺、そっちの方面には疎くてな。聞いたことない」

「だよねー。って、じつはあたしも知らなかったんだけど」

「そう来たか。いいから続けろよ」

「手紙によるとね？　石引さんは仙台四郎の再来——現代東京の福の神を専門に研究してるそうなの。結構目撃されてるらしいよ。今までの例だと、調布、三鷹、武蔵野、八王子……。いつどこに現れるのかは謎だけど、七福神の大黒様みたいな赤い頭巾と金色の袴姿で、町を練り歩くんだって」

「マジかよ」

「来てもらった店は千客万来になるみたい。だから現代の仙台四郎」

「すげえな。だったら、うちの店にも来てくんねえかな」

　半信半疑以外の何物でもなく、栗田が黒髪を無造作に掻きながらそう言うと、存外まじめに由加がうなずく。

「わかった。じゃあ居場所がわかったら聞いとくね」

「サンキュ。——って誰に？」

「もちろん石引さん。なんかその手紙って結局は自分の売り込みだったみたいでさ。相談の結果、今度うちの雑誌で特集記事を作るかもしれないの。来年最初の会議で話し合うから、本決まりになったら取材班に立候補しとく。じつは他の出版社にも同じような手紙を送ってるみたいで、近々ブレイクするかもしれないからさ」

「はは。そうなんだぁ」

浅羽が気怠げに口を挟んで続けた。

「わざわざ手紙とか、アピール必死じゃん。郷土史家の本分って、地味な仕事の積み重ねだろうに、よっぽど有名になりたいんだね、石引って人。……若っ」

「まあねー。浅羽くんよりは年上だけどね」

「うるさいよ」

「浅羽くんよりは研究もまじめにやってるよね」

「うるさい……」

そんな浅羽と由加のやりとりを聞き流しつつ、栗田は物思いに耽る。

福の神——葵ならこの話題に、どんな反応を示すだろう？

好奇心旺盛な彼女のことだ。興味津々で食いついてきそうだが、案外平然としている気もする。なぜなら生まれたときから身近にいるからだ。

「やー、それ、うちのお祖父様のことなんです」

しれっとそう答えて皆の度肝を抜くのだ。ありえない話だが、葵の祖父なら意外とあるかも——と一瞬思ってしまうのが自分でも不思議だ。

祖父が福の神様だとしたら、父親と母親はなんだろう。鳳凰堂の社長と社長夫人だから、やはり経営と和菓子の夫婦神なのか——。

食後の満足感と友人がそばにいる安心感のせいで、らしくもない空想に浸りながら栗田は睡魔に誘われ、いつのまにか眠りに落ちていた。

＊

「これでいい。——大丈夫だ」

心臓がとくとくと早鐘を打っている。

今朝何度目になるか、鏡の前で栗田は再び服装を確認した。

鏡に映る姿は、凜々(りり)しい濃紺の着物に羽織(はおり)を身につけ、普段とは別人に見える。

大学に合格した際、昔から付き合いのある近所の呉服店の人が贈ってくれた着物だ。

防寒対策にマフラーも巻く予定だったが、高揚感で体が暑いと訴えているから、このままでいい。

「——行くか！」

頬を両手で張って気合を入れ、栗田は玄関から外へ踏み出す——。

昨夜、栗田が短いまどろみから目を覚ますと、帰るという旨の書き置きを座卓の上に残して、浅羽と由加はいなくなっていた。スマートフォンには浅羽からメッセージが届いており、そこには着物の着方がわかりやすく解説された動画サイトへのリンクが貼られていた。

おかげで今朝は余裕を持って支度できた栗田である。

どんな格好で行くかまで喋ったつもりはないのだが、今は長年の腐れ縁にも感謝せざるを得ない。あの野郎に察されるなんて癪だとは思わないでおこう。

浅草の初詣は十時過ぎから急に混むから、約束の時間は八時にしていた。

今朝の気温はあまり低くないが、白い沫雪がちらついている。浅草の町を彩る朱にその色はよく映えた。

待ち合わせの雷門の近くへどきどきしながら行くと、既に葵たちの姿がある。

「あ、栗田さん！」

葵がこちらを見つけて顔をぱっと輝かせた。

「こっちですよー」

「――葵さん」

栗田が早足で近づくと、葵は深々と育ちの良さそうなお辞儀をする。

「あけましておめでとうございます、栗田さん」

「ん。こちらこそ――あけましておめでとうございます」

栗田も丁寧にお辞儀した。反応が一瞬遅れたのは目を奪われたからだ。

今日の葵はいつにも増して可憐で、麗しい。

だが向こうも似たことを思ったらしく、顔を上げるとものすごい早口で語り出す。

「やー、はー、なんといいますか、やっぱりお正月はいいですねー。和服姿の精悍な栗田さんをこんなに間近で見られるなんて。わたし今、心の中で巨大な大漁旗を振ってます。本当に眼福です！」

葵が恍惚とした笑顔で頬を押さえた。

「た、大漁旗……？　よくわかんねえけど、喜んでもらえてよかったよ。眼福なのは俺の方だけどな」

「なんでですか？」

「今日の葵さん、マジできれいだから」

「……ありがとうございます」

葵の色白の頬にさっと朱が差す。

今日の葵は薄桃色の着物の上に、ふわりと白いケープコート姿。その色彩が黒い瞳と美しい稜線を描く眉と、流れる髪の色を引き立たせる。雪の中から現れた、まるで和菓子の精のようだ——が、今日ばかりはいつまでも見とれていられない。

視線を感じて顔を向けると、葵の後ろに立つ男女がさりげなく栗田を見ている。首元に色鮮やかなマフラーをした着物姿の女性と、高級そうなスーツの上にコートを着た男性——。

女性は葵の母親だろう。鳳城紫という名前だと事前に葵から聞いていた。柔らかそうなミディアムの髪型に、どこかあどけない顔立ちの美人で、かなり若く見える。

男性の方はネットの鳳凰堂の公式サイトで見て、顔も名前も知っていた。

赤坂鳳凰堂十九代、鳳城義和。東京都出身の四十九歳。

関東和菓子業界の頂点と言っても過言ではない、鳳凰堂の代表取締役社長だ。様々な経験をしていそうな独特の風格があるが、恰幅がいいわけではなく、中肉中背で、どこか繊細そうでもある。和装よりスーツが似合うタイプだ。

気づけば緊張で手に汗が滲んでいた。

舞い散る沫雪の中、栗田は勇気を奮ってふたりに頭を下げる。

「——はじめまして、栗田仁と申します。今日はお忙しいところ浅草までご足労いただき、本当にありがとうございます」

すると紫と義和の間で一瞬、視線の交錯がある。

口を開いたのは紫の方だった。

「こちらこそはじめまして、葵の母の紫です。葵から話は聞いてましたよ、栗田さん。今日という日をわたしは心待ちにしてたんです。それに今のご挨拶——お正月早々、なんて礼儀正しいのでしょうがつ」

両目を糸のように細めて紫がそう言い、栗田をぎょっとさせた。

緊張で聞き間違えたのだろうか？　最後の「しょうがつ」の部分に妙に力を入れて発音していた——気がする。

「えっと……」

発汗量が増加した栗田に、紫はお地蔵様のような笑顔で続けた。

「すごいわぁ。その若さで四代続く老舗を切り盛りしてるなんて、余程のしっかり者でなきゃできないことですもの。ただ、お正月というのは日本伝統のハレの時期ですし、もう少し開放的な気分で非日常に身を任せてもいいんじゃないでしょうがつ」

栗田の頰を汗が滑り落ちた刹那、真っ赤な顔で葵が止めに入る。

「お、お母様！　ちょっと！」

「あらー、どうしたの葵？」

「……そらっとぼけて！」

「だって彼氏さん、すごく固くなってるから、緊張をほどいてあげようと思って」

「やー、むしろ大混乱させちゃってるので。初対面で、『でしょうがつ』なんて連発されても、駄洒落好きの面白一家だと思われるだけなので！」

葵が恥ずかしそうに母親に抗議した。

「楽しくていいじゃない」

「やー、お母様は楽しいかもしれないけど――」

「あのね葵。わたしたちは親しみやすいところを皆に積極的に見せていく必要があるの。人を楽しませ、喜ばせる。和菓子も人間関係も根本にあるものは同じよ」

「そんないい話だった、今のっ？」

さすが葵の母親。いろんな意味で非凡な親子関係のようだ。

愉快な言い合いを繰り広げる葵と紫の前で、栗田が少し唖然としていると、今度は義和が苦笑まじりに声をかけてくる。

「はは。妻は昔から機知に富んでいてね。職人たちからは鳳凰堂の紫の上という仇名で呼ばれていた。葵もその血を引いてるんだ」

「紫の上？　源氏物語ですか？　俺はあまり詳しくないけど、確か、すべてにおいて完璧な――」

「なんて説明するのは、のろけ話のようだからね。やめとこう」

彼はかぶりを振ると一礼して続けた。

「葵の父の義和です。葵から話は聞いているよ。今日はよろしくお願いします」

「よろしくお願いします！」

栗田も慌てて頭を下げる。

独特の風格がある義和だが、口を開くと驚くほど気さくだった。こちらが戸惑いを覚えるくらい、威圧的な部分が微塵もない。

経営者としては雲の上の存在で、しかも恋人の父親。風当たりの強い態度を取られても仕方ないと思っていたが、予想はいい意味で裏切られた。

あまつさえ、義和はこう口にする。

「君の店――栗丸堂の和菓子を葵が買ってきてくれたから、食べてみたよ。素晴らしかった。とりわけ豆大福は逸品だね。鳳凰堂で働く職人でも、なかなかあの餡の味を出せる者はいないだろう。さすがは四代続く老舗だ」

義和の思いがけない言葉に、栗田の胸はかっと熱くなる。

「ありがとうございます……！」

「お世辞じゃないよ。こういうことで私は嘘をつかないんだ。本当に美味しい豆大福だった」

「餡に関しては葵さんの協力もあったので——。店を継いでから先代の味を再現できなくて、暗中模索で苦しんでたとき、助言してもらったんです」

「君には、それだけのものがあったということだよ。だからこそ、葵も関わりを持ったんだろう。胸を張っていい」

なんて器の大きな人なのか。栗田は込み上げる感動を噛み締める。

今まで彼女の父親という存在には立場上、敵対心を持たれるものだと思い込んでいた。実際には違った。少なくとも鳳城義和という一流の男は、そんな安直な傾向とは無縁なのだろう。人の中身と仕事を純粋に見てくれるのだ。

——俺の親父とはタイプが違うけど……すげえな。

この人なら将来、本物の敬意を抱いてお義父さんと呼べそうだ、と動転して気の早いことを考える栗田に、

「とりあえず出発しないか？　列に並びながらでも話はできるだろうし」

義和が穏やかにそう提案して、葵と紫に「おーい」と声をかけた。

我に返った葵が、はにかむように眉尻を下げて栗田を見る。

「……やー、先程は色々と失礼しました」

「ん、全然失礼じゃねえよ。俺、ずっと知りたかったから。葵さんのご両親のこと。

今は心から嬉しいんだ。ありがとな」

「こちらこそです。ほんとはわたしも栗田さんが両親に会いたいって言ってくれたとき、嬉しかったんですよ」

「そうなのか？」

「ええ――」

葵は眉を八の字にして赤面しながら微笑んだ。

「あと、さっきの母の駄洒落は、記憶から永久に抹消してくれると助かります」

「あ、ああ……わかった」

「ふつつか者ばかりではありますが、今日はよろしくお願いしますね、栗田さん」

「ん、任せてくれ。――じゃあ皆さん、行きましょう。この先は参道なので、まずは一礼します」

雷門をくぐる前に合掌するように栗田は皆に教え、初詣の人たちで混み合う仲見世通りを歩き始める。

その直後だった。視界を奇妙なものが横切った気がして、栗田は辺りを見渡す。

ぎょっとしたのは、遠い人波の向こうに不思議な人物が見えたからだ。周りの人と比べるとかなり小柄で、赤い帽子と金色のやけに目立つ服を着ている。

さながら平安貴族だ。あきらかに普通の参拝客の服装ではない。

昨夜の由加から聞いた話が風のように栗田の胸をよぎった。

──いつどこに現れるのかは謎だけど、七福神の大黒様みたいな赤い頭巾と金色の袴姿で、町を練り歩くんだって。

「まさか」

例の福の神？　そんなお伽話のようなことが、本当に──。

だが目を凝らす暇もなく、たちまちその人物は雑踏の中に姿を消してしまう。

「どうかしたのかい、栗田くん？」

義和が訝しげに声をかけてきた。

「あ、いえ別に。進みましょう」

浅草寺の初詣の人手は、三箇日を合計すると三百万人近い。中には珍しい服装で来る者もいるだろうと考え、栗田は今見たものを頭の隅へ追いやった。

＊

「えーと……あったあった。あれだわ。皆さん、入りましょう」

紫が指で示したのは、伝法院通りに佇む小さな甘味店だった。

あれから栗田たちは予定通り浅草寺と浅草神社に参拝して、その後、休憩しようという運びになった。栗丸堂は元日が休みだから、紫の知人が働いているという店に行くことになったのである。

一応、栗田も知っている甘味店で、とくにおしるこが美味しく、普段から観光客で賑わっている。正月は稼ぎ時だから、三箇日も休まずに店を開けているのだろう。

まだ沫雪はちらついているが、もう朝の空気は消えた。江戸情緒漂う伝法院通りは明るい陽射しの中、観光客で賑わい始めている。地口行灯に描かれた絵も皆を祝福しているようだ。

栗田としては何事もなく大役を終えて、今はちょっと一息入れたい気分だった。

というのも浅草寺の参拝客の列に並んでいる間、義和や紫とうまく話せた手応えがあったからだ。話題は多岐にわたったが、機嫌を損ねず、かといって媚びも売らず、背伸びしない自分の言葉で考えを述べることができた。

もちろん向こうが栗田に気を遣い、無難な話題を選んでくれたのかもしれない。

だが初詣の列に並びながら、過度に深刻な話を切り出す者はいまい。これはこれでよかったのだ。浅草寺の賽銭箱にも、奮発して百円玉を入れておいた。

まだ気は抜けないが、今のところは順調と言っていい。

そして気疲れを癒やすには、甘いおしるこがうってつけだろう。ああ、早く食べたいと思いながら紫が示した甘味店に入ると、予想外の光景が広がっている。

「……なんだありゃ？」

栗田が唖然として呟いたのは、店内の中央付近のテーブルに、目立つ服装の老人が座っていたからだ。周りの客はこぞって彼に注目している。

「なんでしょう？　あのおじいさん、まるで今にも——」

葵の言葉を引き取って、「ん」と栗田がうなずく。

「泣いちまいそうだな。でもなにがどうなってんだ？」

栗田は眉をひそめる。

というのも、店内にいたその老人が、例の福の神だったからだ。早朝の仲見世通りで一瞬見かけたのは、目の錯覚ではなかったらしい。

存在したのだ。赤い大黒頭巾と金色の袴を身につけた小柄な老人が今、店の中央のテーブルで、くしゃくしゃに顔をしかめて打ちしおれている。

彼の目の前には、大きな汁椀（しるわん）が置かれ、食べかけのおしるこが入っていた。

「やっぱ人間……だな」

福の神——と今は呼ぶことにする——を見ながら栗田は呟いた。

実際にものを食べている以上、物理的な実体があり、霊のような存在ではない。

あの福の神は、仙台四郎のように人として実在する、生き神様だということだ。

「やー、なんでしょうね。誰かに失礼なことでもされたんでしょうか……」

葵が痛ましそうに呟いたのは、店内の多くの客がスマートフォンのカメラを露骨に福の神へ向けているからだろう。確かに撮影してＳＮＳにアップすれば、確実に注目される。とにかく奇矯で目立つ姿だ。

「よくわかんねえけど、店の人も困ってそうだな。なに話してんだろ？」

少し離れたカウンターの横では、三人の店員が深刻な顔を突き合わせている。

ふいに紫がひとりで端然とそこへ近づいていった。

「小西(こにし)さん、大丈夫？」

「えっ？　紫……様？」

四十代くらいの女性店員が紫を見て、目を丸くした。にっこりと目を細めている紫とは対照的な表情だ。紫の知人というのは、この小西という人らしい。

「紫様、お久しぶりです！」

「こちらこそ、お久しぶり。じつは初詣の帰りなの。せっかく浅草まで来たんだし、小西さんのところに寄ってみようと思って。お取り込み中？」

「滅相もない、大歓迎ですよ！　ただ、来るなら事前にご連絡いただければ」

「気を遣わないで、水臭い。それでなにがあったの？」

「えっとですね」

小西の話に栗田は思わず耳をそばだてる。それは奇妙な話だった。

昨日——つまり去年の大晦日、この店に郷土史家の石引という人物から電話がかかってきたのだという。

「石引？」

「ええ。現代東京に現れる福の神について研究されてる方なんだそうです。仙台四郎という実在の生き神様を例に出して、その現代版がいるのだとか」

「はあ」

「もともと石引さんという方は東京の多摩地域の伝承を調べていたそうなんですけど、福の神の目撃談に何度も出くわして、追いかけるうちにそちらが専門になったんだそうです。なんでもその福の神の出現には法則性があるみたいで」

「法則性？　どんなの？」

「さあ——あたしも尋ねたのですが、そこは研究の肝らしくて教えてもらえませんでした。ただ、元旦には浅草に現れて、この店にも来る可能性がある。福の神が求めるものを正しく提供できれば、必ず店が繁盛するって言われたんです」

「あらー」

紫がにっこりと弥勒菩薩(みろくぼさつ)のように微笑んだ。「あなた、信じたの？」

「正直、そのときは話半分に聞いてました。でも……今はよくわかりません。実際にそれらしき方が来店したんですから」

紫と小西の話を聞きながら、昨日の由加の話と同じだな、と栗田は思う。

「あいつなんて言ってたっけ。確か、気鋭の若手研究家、石引和夫さんだったか。調べてみるか」

栗田がスマートフォンでネットを調べると、情報はすぐに見つかった。

本人が運営しているサイトがあったので見てみる。

「これか。『石引和夫公式ページ——未来を担う郷土史家』……なんか自分でハードル上げてる気がするけど」

栗田が呟くと、横から葵が屈託なくスマートフォンを覗(のぞ)き込んでくる。

「なに見てるんですかー、栗田さん？　もしかしてストレス軽減のために猫の画像でも鑑賞中ですか？」

「や！　さすがにこの状況で猫画像は見ねえよ。えっと――じつはな」

ふいに接近した葵の甘い香りに内心どきまぎしつつも、栗田は石引の件をかいつまんで説明した。

「ははー、その研究家の方がこの石引さん。ずいぶんお若い方なんですね」

「二十八歳らしい。俺よりは年上だけど」

石引和夫のウェブサイトには、目立つ場所に本人の写真が大きく掲載されていて、それは清涼な雰囲気の好青年だった。東京都調布市在住。仙台四郎の再来とも言える現代の福の神について調べていると、プロフィールの欄に書かれている。

だが意外にもサイトにはとくに内容がなく、情報提供を求める旨のメールフォームが置かれているだけだった。もしも福の神を見かけたら、ここから写真を投稿してほしいとのこと。場合によっては謝礼もあるそうだ。

――そうか。

現在、多くの客がスマートフォンのカメラで福の神を撮っているが、目的はＳＮＳに載せるだけではない。もしかしたら謝礼欲しさに石引和夫のこのサイトに送る者もいるのかもしれないな、と栗田は考える。

さておき、少し離れたカウンターの横で紫と小西の話は続いていた。

「でも小西さん、これからどうするの？　あの福の神の方、今にも泣きそうな顔してるし、うまくいかなかったんじゃない？　おもてなし」

　紫の言葉に、「じつはそうなんです」と小西はうなだれ気味に続ける。

「あの福の神の方、どうも喋るのが不得手らしくて、こちらも困ってるんです。注文を取りに行ったら『古い、昔のおしるこ』と言ったきり、なにも喋りません。そんなメニューはないんですけどね……。ただ、昨日の石引さんの電話の件もありますし、邪険にはできないですよ。客商売ですから」

　同業だから栗田も共感できた。客を大事にする件もそうだし、たとえ偶然でも今後の売上が急に落ちたら、福の神に不親切にしたせいだと考えてしまいそうだ。

　小西が嘆息して紫への説明を続ける。

「ずいぶん頭を捻ったんですが、意味するものはわかりませんでした。ただ、おしるこはおしるこでしょう。口に合うかどうかはともかく、店で一番美味しい田舎しるこを持っていきました。でも、あの福の神の方、『違う』と悲しそうに仰って、それっきり。ずっとああして泣きそうにしてるんです」

「あらー」

　紫が頬を手で押さえた。「そういうことだったのね。それは確かに困るわぁ」

俺でも困る、と栗田も思った。これはどんな対応をするのが正解なんだろう？

そのとき、スマートフォンのカメラを掲げている周りの客がざわつく。

悄気(しょげ)て、めそめそしていた福の神が唐突に立ち上がったからだ。

「……違う」

福の神が呟き、しわだらけの紙幣をテーブルに置く。そして栗田たちのいる入口に向かい、しっかりしない危うい足取りで歩いてきた。

小西がテーブルへ行き、紙幣を見て驚く。

「一万円っ？　お客様、待ってください！　お釣りをお忘れです」

小西が狼狽気味にレジへ向かうが、福の神は聞く耳持たずで入口の栗田たちに近づいてくる。「待って待って」と呟きながら小西がレジで会計処理を行い、途中で慌てすぎて打ち間違えたらしい。手こずっていた。

そんな小西に気を取られたのか、よろよろ歩いていた福の神が急に足を滑らせる。

「——危ねえ！」

間一髪だった。転ぶ直前、栗田は素早く駆け寄って、福の神の小柄な体を支える。

「大丈夫ですか？」

「……おしるこ」

「はい？」

「古い、昔のおしるこ」

　栗田の問いに、福の神がぼそりとそんな言葉を返すので、つい面食らった。

　あなたの名前はなんですかという質問に、今日の天気は雪だと答えられた気分だ。

　やはり普通の人とは少し違うのだろうか。よく見ると表情も心なしか虚ろだ。

　これは確かに意思疎通に困る。

「やー、おしるこなら――」

　葵がそう呟き、直後に唇を素早く手で押さえた。

「葵さん？」

「いえ……別に、なんでもないです」

　葵が困ったように眉尻を下げた笑顔で、言葉を濁す。

　だが彼女の性格は知っている。栗田には葵の考えがわかった。

　福の神が言った『古い、昔のおしるこ』を食べさせてあげたいのだろう。

『違う』と口にしたからには福の神には求める味があり、ここで出されたものは違ったのだ。正解は浅草のどこかに存在し、栗田なら辿り着けるかもしれない。だが親の手前、栗田に負担をかけるわけにはいかず、葵は言葉を引っ込めたのだろう。

栗田は思考を巡らせる。意外と難しい局面だった。

というのも福の神を支える栗田に、少し離れたカウンターの横から紫がじっと視線を注いでいるからだ。細めた両目はどこか狐を連想させる。それは本当に純粋な笑顔なのか？

失礼なのは重々承知で、つい考えてしまう。――これは本当に偶然の出来事だろうか。じつは娘の恋人を品定めするための、ある種の試験ではないのか？

正直できすぎな気がするのだ。紫が案内した甘味店で、タイミングよくこんな騒動が起きる――じつは紫が計画したものなんじゃないか？

もちろん根拠は一切ない。紫と会ったときの小西の驚きも真に迫っていた。あれは演技ではないだろう。直感的には、仕組まれたものではないように思う。

しかし理性は混乱を来していた。

鳳凰堂の紫の上と呼ばれるほどの傑物なら、栗田や葵には理解不能の方法で事態を操作することも可能なのでは？

だとしたら手の上で踊らされるのは気が乗らない。いや、実際にどうなのかはわからない。わからないのだが。

――どうする……？

無言で思案を巡らす栗田に、隣の葵が心配そうに声をかけてくる。

「栗田さん、大丈夫ですよ。無理しなくて」

刹那、天啓のように心が定まった。

——やる。

たとえこれがなにかの計画で、見抜けなかったことを紫に幻滅されてもいい。葵の望みを叶(かな)えたいし、なにより自分がそうしたかったことに気づいた。

「人が困ってるのに見て見ぬふりはできねえ。サンキュ、葵さん」

栗田は葵に礼を言うと、そばに立つ義和へ顔を向ける。

「すみません。俺、この人のことをどうしてもほっとけなくて」

「ああ……。いいんじゃないか？　そういう気持ちは人として大切だよ」

幸い、義和は鷹揚(おうよう)に肯定してくれた。本当の意味で器の大きな男なのだろう。

葵は嬉しそうではあるものの、わずかに心配顔で。紫は余裕のある笑顔を悠然と栗田に向けている。

やがて小西が用意したお釣りを福の神に手渡し——そして栗田たちは店を出た。

＊

十五分後、所変わって。

「やー、なんやかんやで浅草って意外と多いですよねー。元日からやってるお店」

注文を聞いた従業員が引き返していくと、葵が正月風情の漂う華やいだ店内を見回して呟いた。隣に座っている栗田は「だな。飲食店はかなり多い」と同意する。

「それに、ここは浅草でも指折りのおしるこが旨い店だし、立地もいいからな。店が浅草寺の近くなら、やっぱ初詣の人たちに正月定番のおしるこを売りたいところだ」

すると同じテーブルについている紫と義和が、

「そうねー。一番の商機だものね」

「お客様のニーズに応えるのは大切なことだよ」

そう言ってうなずく。

仲見世通りの近くにある老舗の甘味処だった。栗田と葵と紫と義和——そして例の福の神の五人は、店の奥でテーブルを囲んでいる。

先程、転ぶ寸前の福の神を助けた栗田が、じつは自分は和菓子職人で『古い、昔のおしるこ』に心当たりがあると切り出すと、案に相違して話が通じた。

といっても会話が成立したわけではなく、福の神が首をこくっと縦に振っただけ。だが親鴨の後を追う子鴨のように栗田の後についてくるから、理解はしているのだろう。話をするのは苦手でも、聞くことは問題なくできるのか？　あるいはおしるこという単語に強い興味を示すのか？　詳細はまだよくわからない。

義和と紫には、初詣も無事に済ませたことだし、今日はこれで解散にしませんかと一応提案した。だが、ふたりは興味を引かれたらしく同行するという。

正直言って恐縮な流れだ。

しかしこうなっては仕方ない。お付き合い願おう――と、そんなわけで五人は栗田が案内した仲見世通りの近くの老舗甘味処にいたのだが。

「……ふう」

栗田の向かいで、福の神は浮かない表情だった。

なんだろう。この店に来るまではもっと明るい顔だった気がするが、店員に伝えた注文が気に入らなかったのだろうか？

「やっぱり人目が気になるんでしょうね……」

葵が栗田の胸中を察したように言った。

「ん、そっか」

確かにこの店でも、やはり福の神の姿は異彩を放ち、多くの客に注目されている。例によってスマートフォンのカメラを向けている者もいた。今は栗田たちと一緒だから、先程のように露骨ではないが、隠し撮りの方が卑怯な感じがして苛立ちを誘う。

「ったく——あんま他人のこと舐めてんじゃねえぞ」

こちらにスマートフォンを向ける客たちを栗田が睨むと、彼らは弾かれたように怯えてそっぽを向いた。

「はは、正義漢だな。若いってことは素晴らしい」

栗田の行為を見てとった義和が穏やかに笑った。

「あ、すみません……。つい」

「いやいや、非難したわけじゃない。君がやらなければ私が同じことをした。しかし、あれだな。うちの爺さんも、この福の神様くらい可愛げがあればいいんだが」

「え？」

怪訝に思う栗田に、「わたしのじつの父のことよ。義和さんとは一筋縄じゃいかない関係なの」と答えたのは、柔和に目を細めた紫だった。

「そうなんですか？」

「色々あってねー」

こうしてテーブルで落ち着いて見ると、さすがに葵の母親。紫には気品がある。その態度はあっけらかんとして無邪気そうだが、どこか周りの空気が澄んでいるような独特の優雅さを感じるのだ。偶然を装って小細工する小人物には見えない。先程はつい邪推したが、やはり栗田が憶測を逞しくしただけなのだろう。失礼なことを考えてしまったと反省する。

義和が苦笑まじりに首を横に振って口を開いた。

「もともと私は入り婿なんだよ。鳳凰堂グループの経営は、とっくに一線を退いたはずの義父の影響力が未だに強いんだ。一部では院政なんて揶揄してる者もいるし、これでなかなか社長業も気苦労が多くて」

「それは——大変そうですね」

婿と舅問題というところか。鳳凰堂の意外な事実を知ってしまったと栗田は思う。だとしても、それを自分で笑い話にできるのは自信と余裕があるからだろう。押し出しこそ強くないが、たぶん歴戦の兵。義和の懐の深さには栗田の想像を凌駕するものがありそうだった。

そんな話をしているうちに店員が注文の品を運んできて、テーブルの上に並べる。

「はー、美味しそう！」

葵が両手を嬉しそうに組み合わせて続ける。

「小豆の甘い餡は、いつ見ても心を浮き立たせてくれますねー」

「ああ、いいよな。正月から大晦日まで、一年の端々に甘いものがあって、その都度、気分をほっとさせてくれる。それが和菓子のよさだよな」

「季節とともにあるものですもんね」

葵が栗田に微笑む傍らで、店員がテーブルに並べたのは、こし餡を使った五人分のおしること、あわぜんざいだった。

この甘味処は、あわぜんざいを初めて作り上げたことで、浅草でも有名なのだ。

「福の神さん。あなたが食べたいものって、じつはおしるこじゃなくて、こっちのあわぜんざいの方じゃないですか？　試しにふたつとも食べてみてください」

若干ぼうっとした様子の福の神に栗田がそう尋ねたのは、おしることぜんざいを取り違えているのではないかと考えたからだ。

ぜんざいとは小豆を砂糖で甘く煮たもの。餅や白玉と一緒に食べられることが多く、そういう意味だとおしること同じだ。

ただし地域によって呼び方が変わる。

関東ではつぶ餡で汁気があるものを田舎じるこ、こし餡で汁気があるものを御膳じるこ、汁気がないものをぜんざいと呼ぶ。

だが関西では、つぶ餡で汁気があるものをぜんざい、こし餡で汁気があるものをおしるこ、汁気がないものを亀山や金時などと呼ぶのだ。

和菓子に詳しくない者は混同しがちだろう。

福の神は各々の区別がつかず、ぜんざいをおしること呼んでいて、だから求める味が見つからないのでは？　それが栗田の立てた仮説だった。

それに、ぜんざいとおしるこでは、ぜんざいの方が歴史的に古い。ぜんざいは遅くとも室町時代には存在していたが、おしるこができたのは江戸時代だという。

だったら福の神の『古い、昔のおしるこ』という言い方に合うのは、前者ではないか？　目の前にあるあわぜんざいは、浅草でも昔から有名。だからきっとこれだ。

「しるこ……」

福の神は呟くと箸を持ち、汁気のないあわぜんざいを口に運ぶ。

そして、なんの反応もせずに無言で食べ続けた。

栗田はちょっと拍子抜けする――が、黙って見ているのも妙なものだ。

「ひとまず俺たちも食べますか」

「ですね。いただきますー」

葵が左右の指先を柔らかく合わせた。

あわぜんざいという名前だが、粟ではなく餅きび——きびで作った黄色の餅だ。その上に、古い和風建築の陰翳のような艶のある黒い餡がたっぷりかかっていて、色彩のコントラストが食欲を誘う。

「このあわぜんざい食べるの、久々なんだよな」

栗田が餡と餅きびを箸で口に入れると、熱い小豆の風味がふっくらと広がった。なめらかな口どけのこし餡——豊かな甘さと、その熱が舌に染み込んでいく。

歯を立てると、餅きび独特のぷちぷちした食感が、脳の唾液分泌中枢を刺激した。嚙み締めると、さらに柔らかく押し潰されていく。餅きびの仄かな渋味が重量感のある餡の甘さを引き立たせ、食欲に拍車がかかった。

「ん、熱々で旨い。久しぶりに食べたけど、さすが老舗の味だ。変わってねえ」

栗田の言葉に葵が笑顔で続ける。

「ぷはー。効くーー！」

「すげえ感想！」

「今年最初の甘味が、五臓六腑に染み渡りますよ。餡に餅きびというのも乙なものですねー。おしることはまた違う野性味があって自然の息吹を感じます。一足先に口の中に春が来たようですよ」

「そっか」

勢いのある葵の感想に、栗田の顔は綻んだ。

「元日から春爛漫（らんまん）――それもいいいな」

「ええ、もうおなかもほかほか。どんどん食べてしまいます」

上機嫌で感性豊かに語る葵はとても可愛い。できれば毎年この姿を見たいと栗田は思った。もちろん栗田と葵だけではなく、紫と義和も美味しそうにあわぜんざいとおしるこを食べている。

「あらー。このあわぜんざい、懐かしくていいお味」

「しるこも逸品だよ。焼き餅の香ばしさが濃厚な甘味とよく合ってる」

そんなふうに栗田たちは、あわぜんざいとおしるこを美味しく賞味する。

しかし――残念ながら福の神の反応は芳しくなかった。

食べるほどに福の神の唇の両端は下がり、泣き顔に近い様子に変わっていく。やがて完食した頃には、日本列島が海底に沈んだような表情になっていた。

予想に反する結果に戸惑う栗田たちの見守る前で、

「……違う」

福の神はそう呻くと、両手で顔を覆った。そのまま肩をぶるぶると震わせる。

「ちょ、マジか。——大丈夫ですか、福の神さんっ？」

「お気に召さなかったんですか？」

栗田と葵が心配しても、例によって福の神は無言だった。意思疎通できないから、ひたすらに気まずい。まるで栗田たちが彼に変なものでも食べさせたような有様だ。

実際、他人の目には嫌がらせでもしたように映るらしく、周りの客が数人、再びスマートフォンのカメラをこちらに向けている。おそらく今回は正義感で。

——参ったな。

義和と紫は、あきらかに栗田の出方をうかがっていた。助けが必要なら遠慮は無用だよ、とその目が言っている。

栗田は逡巡した。できれば自力でなんとかして頼りになるところを見せたいが。

「福の神さん、この味のなにが違ったんですか？　やっぱりまずかったんですか？」

顔を覆って沈黙している福の神に、栗田は必死に声をかけた。葵の両親の前だから、なお焦る。

だが、やがて福の神は唐突に顔から両手をぱっと離すと、

「御不浄」

そう呟いて席を立ち、お手洗いの方向へ行ってしまった。

栗田は開いた口がふさがらない気分で彼の背中を見送る。

「……なんだありゃ」

「御不浄はトイレのことですよ。昔の上品な言い方です」

葵がにっこりして答えた。

「や、そういう意味じゃなくて、福の神のあの態度のこと。なにが違うってんだ？」

「それは……。うーん」

「くそっ、わからねえ。この店のおしるこでも、あわぜんざいでもないなら――」

正直、見当もつかない。浅草育ちで町のことを知悉している栗田だが、おしるこの有名店というのは案外少ないのだ。味の違いも、そこまで劇的なものではないと思う。だからこそ、おしることとあわぜんざいを混同しているのではないかと考えたのだが。

そもそも福の神はなぜ『古い、昔のおしるこ』を探しているのだろう？　あるいは目的なんてないのか？

その可能性もないわけではない。ときに人はさしたる目的もなく行動するものだ。

「実際の仙台四郎さんも、こんな感じだったんでしょうか……」

困惑気味に顎をつまんだ葵の呟きが、栗田の胸中に苦く落ちていった。

だが事態は予想もしない展開を迎える。現代の福の神はそのまま姿を消し、栗田たちのもとへ戻ってこなかったのだ。

＊

「お手洗いはひとつだけではないでしょう？　従業員用は——バックヤード？」

義和と紫が遠くで店員と話すのを、栗田は壁際から横目で眺めた。

福の神がお手洗いに向かい、二十分ほど経った同店の中である。

戻るのがやけに遅いと思った栗田は、転んで怪我でもしたのではないかと心配し、お手洗いに様子を見に行ったのだった。

だが、そこで意外な事態に直面する。男性用のお手洗いの中に福の神はいなかった。

意味不明だったが、間違って女性用の方に入ったのかと思い、店員に頼んで見てきてもらった。ところが、そちらにもいなかったらしい。

なぜだろう。

福の神は栗田たちにひと言も告げず、店から忽然と消えてしまったのだ——。皆にその旨を伝えると義和が「間違って別な場所に迷い込んだんじゃないか？　私が訊いてみよう」と言い出し、現在、紫とともに店員と話しているところなのだが。

今の栗田は再び疑心暗鬼に駆られている。

——これはやっぱり……あれじゃないのか。

人目につきにくい壁際に立って栗田が考え込んでいると、テーブルを離れた葵が近づいてきた。この際だと思って栗田は率直に尋ねる。

「なあ葵さん。これって——なんかのテスト？」

「はい？」

葵が大きな目をぱちぱちさせた。

「その……悪い。こういうことを訊くのは失礼だって、わかっちゃいるんだけど」

「やー、気を遣わずになんでも話してください。遠慮する仲じゃないですよー？」

「ん、じゃあお言葉に甘えて。——俺、葵さんの親に試されてねえか？　あの福の神の人を巻き込んで、ささやかな知恵試しみたいな。具体的に俺のなにを試してるのかは知らないけど」

葵は言葉を返さない。話の先を促すように無言で栗田を見ている。

「や、なんつーか……普通の和菓子屋の主人と鳳凰堂グループの社長令嬢じゃ、身分が違うだろ。今の時代になに言ってんだって笑われそうだけど、鳳凰堂は室町時代に創業だよな？　だったら笑えねえ。歴史の重みがさせることって、やっぱりある。今の俺は、きっと試されても仕方ない立場なんだ」

胸のもやもやを栗田が吐き出すと、「……気にしてらっしゃったんですね」と葵は眉根を寄せて切なそうにこぼした。

直後に凜々しい顔になり、栗田の瞳を真正面から見据える。

「違いますよ、栗田さん。仕方なくなんてありません」

「え？」

「わたしと栗田さんは同じ、対等な大人の男女なんです。ふたりの間に小狡い方法で水を差すなんて、絶対にしてはいけないことです。そんなことをされたら、わたしは全力で抵抗します。相手が誰でも――両親でも」

「葵さん」

栗田はつい気圧された。葵から滲み出た強い精神の力が迫ってくるようだ。

――でも、そう。そうだったな。

今更ながらに思い出す。普段の葵は温厚そのものだが、怒らせると苛烈な人。一見、軽やかな天女のようだが、本気を出すと静かな稲妻を放つ雷神にもなるのだ。

やがて葵がふっと表情を緩める。

「それに――安心してください、栗田さん。うちの両親はそんなことしません。なにか仕掛けるなら正々堂々とやります。とくにお母様は裏表のない人ですよ」

「ん、そうなのか？」

「ええ、笑顔が狐っぽいと言われることがあるって、時々鏡を見て首を傾げたりしてるんですけどね。狐は別に悪い生き物じゃないですし、目を細めて笑うのはただの癖です」

「そっか……」

どうやら気の回しすぎだったらしい。紫の勧める店で福の神に遭遇した件は、本当にただの偶然だったのだ。

「――ありがてえ」

「ひゃっ？」

「マジで助かった。葵さんの言葉なら、俺はいつだって信じられる」

「えっと……あの、栗田さん」

なぜか葵が挙動不審だった。普段は和菓子のように白い頬がやけに紅潮している。

ふと気づくと、いつのまにか栗田は葵の両手を正面から包むように握っていた。葵の肌のなめらかな感触が密着した手のひらから伝わる。

「わ！」

栗田は素早く両手を離し、「悪い。つい気持ちが高まって。こんなときにこんなことするつもりは――」

赤面してそう謝った。葵も頬を朱に染めて恥ずかしそうに何度もうなずく。

「い、いえ、気にしないでください。わたしは全然構いません。もっと握っててくれてもよかったんですよ」

「え？」

「あー……失言です。今のは、その……なんでもないです」

栗田と葵は対面したまま、無言で頬を赤らめた。

義和と紫は長い間、店員と話していたが、福の神がどこへ行ったのかは結局わからずじまいだった。

皆の注目を浴びていた福の神がお手洗いに行くところを見た者は多いが、中まで追っていった者はいない。無論、お手洗いの前で出てくるのを待っていた者もいない。

静かに人知れず、福の神は店から立ち去ったらしい。

どういうわけなのだろう？

意図は不明だが、福の神は住所も本名も経歴も、そもそもが謎だらけ。きっと思うがままに行動した結果ではないか。

そんな結論に落ち着いて、現在、栗田と葵と義和と紫の四人は、雷門の間近にある最寄りの交番へ向かっていた。お手洗いを調べていたときに巾着袋を拾ったため、届けに行くところだった。

袋の中に入っていたのは、しわくちゃの紙幣——一万円札が三枚と千円札が六枚。それから雷門や大提灯（おおぢょうちん）を模した、浅草土産のキーホルダーが数個。他にはイヤホンとティッシュと絆創膏（ばんそうこう）。あとはKという刺繍（ししゅう）の入った、拙い手作りのハンカチなどが入っていた。

紙幣のしわの様子は、紫の知人が働く店で福の神がテーブルに置いたものとそっくりだったから、彼の持ち物だろう。店の人と相談の上、「だったら我々が」と義和が申し出て、栗田たちが交番に届ける運びになったのである。

「とまあ、そういうことなんで」

栗田が顔見知りの警察官に理由を話して巾着袋を渡すと、「さすが、元日から相変わらずだねぇ、仁くんは」と破顔された。

「相変わらず？　なーんか引っ掛かる言い方だなぁ」

栗田が黒髪を無造作に掻き回しながら言うと、警察官はいなせに笑う。

「いやぁ、褒めてんのさ。今はみんな自己責任って言葉を重宝してるからね。それを悪いとは言わないが、俺は他人のために行動できる仁くんが好きだぜ」

「そう？　自分だって同じことしてるじゃねえか」

「これは仕事だよ！　まぁいいや。書類を作るから形式上、質問に答えてよ」

栗田は訊かれた住所や名前を答え、警察官が拾得物件預り書に記入していく。

あとは本職がなんとかしてくれるだろう。手続きを済ませた栗田たちが交番を出ると、雷門前はすっかり初詣の人たちで溢れていた。

「うわ、本格的に混んできたな」

少し思案して栗田は言った。

「皆さん、せっかくだから俺が駅まで送ります。少し遠回りですけど、いつも空いてる穴場を案内しますよ。景色も楽しめると思いますし」

「あらー。いいわね、浅草の穴場。楽しみ！」

紫が眩しいものでも見るように両目を細めた。葵から実情を聞いた今では、それはごく普通の上品な笑顔にしか見えない。

「うん、せっかくだから案内してもらおうか。頼むよ」

「じゃあお願いします、栗田さん」

義和と葵が言い、栗田が「任せてください」と歯切れよく答えた直後、折悪しくスマートフォンに着信がある。

驚いたことに、ディスプレイには弓野有の名前が表示されていた。

「なんだよ、弓野じゃねえか。元日からどういう風の吹き回しだ。——もしもし？」

栗田が電話に出ると、露骨に動揺した声が耳朶を打つ。

「栗田くん、今どこ？　今から会えないかな」

「あ？　なに唐突にぬかしてんだよ。お前と違って俺は暇じゃねえの。炬燵に入って正月番組でも観ながら、みかんと餅をばかすか食ってろ」

「助けてほしくて……。頼れるのは栗田くんしかいないんだ」

弓野らしくない弱気な口ぶりに栗田は眉をひそめる。なにがあったのだろう？

「お前、どうした？」

「じつは——」

それから弓野が語った話は、栗田を深い困惑の渦に引きずり込むものだった。

＊

電話の後、国際通りに暖簾を掲げる夢祭菓子舗に行ってみると、定休日だと書いた紙が貼ってあるのに正面の扉が開いている。

一般客のいない静まり返った店内に、栗田たち四人は足を踏み入れた。

「おい弓野？　冷湿布、買ってきたぞ」

「ごめん栗田くん、助かったよ」

弓野が駆け足で近づいてきた。「このおじいさん、目を離すと無理してどこかに行こうとするから、どうしてもここを離れられなかったんだ」

「つーか、それ以前にどういうこと？　まったくわけがわからねえんだが」

栗田が訝しげに目を眇めたのは、店内の椅子に福の神が座り、袴の裾を片方めくっているからだ。

「ま、ともかく傷を見るのが先か。――福の神さん、ちと失礼」

栗田は床に屈むと、福の神の剝き出しの右足に触れて具合を調べる。

「これでも俺は怪我には詳しいんだ。ガキの頃、喧嘩で怪我したとき、しょっちゅう自分で処置してたからな……。ん、これなら骨は折れてねえ。関節を曲げても大丈夫だし、捻挫でもないだろ。赤くなってるのは、ただの打撲だな」

「そっかぁ」

ほっと息を吐く弓野を横目で見やり、栗田は福の神の足に冷湿布をぺたぺたと要領よく貼り付けて、手当てを終えた。

「んで？　なにがあったのか説明しろ。電話じゃほとんど意味不明だった」

「そうだね」

弓野が珍しく素直にうなずいた。

「ともかくありがとう栗田くん……。今日ばかりは本当に助かったよ。正直、お正月にひとりきりで心細かったから。やっぱり君は僕の一番の仲良しだよ」

柄にもない殊勝な態度に、栗田は面食らって頭や首の後ろを掻く。

「あ？　なに言ってんだか。お前に礼とか言われると、調子狂うんだよ。つーか、俺以外に友達いねえのかよ」

「この性格で友達多いと思う？　ＳＮＳのフォロワーは多いんだけどね」

「自覚があるなら改めろよ」

「ううん、それは嫌なんだ。だって——それが僕の僕らしさだから」

「いい台詞みたいに言ったけど、そのお前らしさ、別にいいもんじゃないからな！」

「ああ——。でもほんと、栗田くんって優しい。素敵だよ。一見、ただのヤクザ者なのに」

「お前マジでぶっ飛ばすぞ、この野郎！」

益体もない応酬をしていると、後ろで狐につままれたような顔の義和が口を開く。

「よくわからないな。店から急に消えた福の神が、なぜこの店にいるんだ？」

「ん、発端はこれです」

栗田は振り向くと、義和にスマートフォンを掲げて見せた。

ディスプレイに表示されているのはＳＮＳの画面。そこでは今日元日、浅草に現れた現代の福の神が大いに話題になっている。

だが、あまりいい話題ではない。奇矯な行為で店を困らせるクレーマーとして炎上させようとする動きが目立つ。

福の神の行為を意地悪く捉えれば、そういう解釈になってしまうのだろう。

店員とは片言で話し、まともな会話を行わず、おしるこを食べて泣き出す——。

店側からすれば大変な客だ。そして店とは無関係の者たちが、福の神の行為を許せないと野次馬的に騒ぎ立てている。

先程の店で福の神にスマートフォンのカメラを向けていた客の多くが、この炎上の参加者であり、当事者なのだ。

「弓野。お前はこれを見たんだよな？　帰省しないで、元日のマンションでスマホをいじってる最中」

栗田の言葉に弓野がうなずいた。

「そうだよ。これって浅草……しかも近所だからびっくりしてね。大晦日からずっと暇だったし、興味本位で散歩がてら行ってみたんだ――」


家を出た弓野は、ＳＮＳで福の神の居場所を確認しながら、あわぜんざいで有名な甘味処へ向かったという。

まもなく店に到着して席につこうとすると、噂の福の神が、お手洗いへ向かう姿が目に入った。咄嗟に弓野は彼を追い、お手洗いの中で声をかける。

「僕は近くで夢祭菓子舗っていう和菓子屋をやってるんだ。あなたが満足するおしるこを僕なら作れるよ。ご馳走するから来ない？」

すると福の神は目の色を変えてうなずく。

弓野は素直に喜んだ。己の技術を活かせるのは和菓子職人にとって望むところだし、福の神も満足させられる。万事うまくいったらＳＮＳに投稿し、自分はさらに人気者になれるじゃないか。

と、そんな経緯で、弓野は福の神を自分の店に連れてきたのだと語った——。

「あらー、そういうことだったのね。だから急に黙っていなくなっちゃったんだ」

弓野の説明を聞いた紫が片頬を押さえて言った。

栗田も得心する。仙台四郎の再来と呼ばれる福の神が、わざわざ栗田たちに別れの挨拶をするために戻ってくるようなことは、まあ、まずあり得ないだろう。最初から普通のコミュニケーションが成立していなかったのだから。

「で？」

栗田は弓野に半眼を向けた。

「そこまではわかったし、一応認めてやんよ。お前らしい、ド下手くそな善意の表れだったんだろ。でも、なんで怪我させる羽目になったんだ？」

「いやぁ——僕はただ、おしるこをご馳走しただけなんだよ。とっておきの」

苦い口調で弓野はそう言うと、店の奥へ向かい、お椀と箸を持って戻ってきた。

弓野が差し出したそれを、栗田は両手で受け取る。

「これがお前の作ったおしるこか……」

「うん。僕が昔修業した、奈良の御菓子司夢殿で教わった伝統のおしるこ。古き和菓子匠の名家、上宮家の味ってことになるのかな。食べてみて」

「じゃあいただきます」

栗田は小豆の汁に浸かった白い餅を箸でつまみ、口に含む。そして驚いた。

――旨い。

なんという上品でなめらかな甘味なのか。間違いなく修業先のおかげだ。性格こそ滅茶苦茶だが、弓野の製菓技術はとても高く、抜群に美味しいおしるこだった。

関西風だから汁気が多く、使用しているのはこし餡。小豆の粒が見えない、関東の御膳じるこに相当するものだ。丸い餅が甘い汁とまろやかに馴染んでいる。

そうか。丸いと関東の四角い餅より熱が均等に通りやすいのか、と栗田は思う。

「どう？」

「……悪くねえ。むしろ旨い」

栗田が答えると、弓野は無邪気に微笑んだ。

「でしょ？　餡は自分用に作っておいたものだけど、手抜きはしなかったから。関西の誇る最高級小豆、丹波の大納言と、高純度の白双糖。あとは餡とよくからむ丸餅がポイントだね。餅はやっぱり丸くなくちゃ」

「はあ」

「歴史の古い地域ではみんな丸餅なんだよ。神様に供える鏡餅だって丸いでしょ？ 柳田國男も『食物と心臓』の中で、それがなぜなのか自説を語ってるしね」

「取んな。餅の形でマウント取んな。東と西のどっちが上か競ってる場合かよ。現にこれは福の神を満足させられなかったんだろ？」

「う。——確かに」

弓野が気まずそうに続けた。

「張り切ってご馳走したのはいいけど、残念ながら望みの味とは違ったみたいでさ。おじいさんってば『違う』って言って、すぐ帰ろうとするんだ。ただ、もともと足があまりよくないらしくて、店を出る前に転んじゃってね。すごく痛そうに見えたから僕も動転して」

「で、近くに住む俺に電話してきたわけか。この慌てん坊将軍」

「ごめんなさい」

弓野が情けなさそうに謝った。

話に一区切りついたせいか、今まで静かにしていた葵がほっと口を開く。

「はー、そういうことだったんですね。栗田さんの魅力にやられた男性がまたひとり増えてしまって、わたしは内心はらはらしてますけど、悪気がなくて安心しました。不運が重なっただけだったんですね」

「なんかちょっと意味わかんなかったけど──弓野は頓珍漢。ま、よくある話」

栗田が息を吐いて言った。

「じゃあ時間も押してますし、あとはわたしが解決しちゃいますねー」

「え？」

「ここにいるのはみんな和菓子関係者ですし、やっぱり『古い、昔のおしるこ』の謎が気になるでしょうから。──構いませんよね、石引和夫さん」

急になにを言い出すんだ？

その場の皆が瞠目して言葉を失う。

葵が話しかけた相手は赤い頭巾と金色の袴姿の老人──現代の福の神だったのだ。

福の神は意味がわからないようで、呆けたような表情のまま、なにも言わない。

葵が続ける。

「店で大事な巾着袋を落としたでしょう？　中に身分証明が入ってましたよ」

「え……？　あれ？　巾着っ」

刹那、福の神が声をあげて立ち上がる。今の今まで落としたことに気づいていなかったらしく、完全に反射的な行動だった。

そして、その反応であきらかになる。

「やっぱり演技だったんですね」

葵が眉尻を下げて言った。栗田は混乱しつつも全力で頭を働かせる。

「どういうことだ、葵さんっ？　巾着袋の中に身分証明なんて入ってたのか？」

「やー、答えそのものは入ってませんでしたけど、ヒントはあったかなーと」

「ヒント……？」

「まずはイヤホンが入ってたので、この人は機械をちゃんと使える人なんだと思いました。普段から音楽なりラジオ番組なり、なんらかの音声コンテンツを聴いて楽しんでるんです。だったら普通に意思疎通できそうな気が、そこはかとなく」

はっとする栗田に葵は続ける。

「あと、浅草土産のキーホルダー。あれは旅行者が買うものですよね？　遠くに旅する能力もあれば、お土産を買う気づかいも本当はできる。そういう意味でも普通の人なんです。あと、拙い手作りのハンカチがありましたけど、出来からして作者は小学校低学年くらい。たぶんお孫さんからのプレゼントじゃないですか？　Kという刺繍も入ってましたし」

「だから、Kは石引和夫の和夫？　や、いくらなんでも強引だろ。あ——こりゃあれか。巾着袋は駄目押しで、もっと前から勘づいてたパターンか」

「んー、さすが栗田さん。じつを言うとそうなんです」

「……マジかよ。いつもながら底知れねえな。でも、いつから考えてたんだ？」

「あわぜんざいで有名な甘味処にいたときからです」

葵の言葉に栗田は驚く。

「あそこで……？　なんかあったか？」

「あのお店って、浅草で一、二を争う有名なおしるこの店じゃないですか。でも福の神さんは行ってなかったし、石引和夫さんも事前に福の神が行くかもしれないという電話を入れてませんでしたよね。別の場所の、やや小さめの店には連絡してたのに」

「ん、言われてみれば——」

なぜ浅草で一、二を争う有名なおしるこの店に最初に行かなかったのだろう？

「それはたぶん有名だからこそなんですよ。他に店舗がいくつもあって、持ち帰り用の商品を扱う販売店も存在しますから。店の様々な品を何度も食べて——それどころか飽きるくらい熟知してたんです。行っても意味がないとわかっていたからこそ、行かなかった。だから郷土史家の石引和夫さんとして、福の神の来訪も知らせなかったんでしょう」

「――事前に電話をかけた先は、行く予定の店だったたってことか」

「ですねー。ひとり二役といいますか、最初に石引和夫さんの公式ウェブサイトを見たとき、違和感があったんです。研究者公式の一番重要なページに、あまりにも中身がなかったので。やー、もしかしたら架空の人物かもしれないなーと」

「言われてみれば、確かにほとんど虚無のサイトだったたな」

「その非実在の郷土史家が、いろんなお店に電話をかける――。福の神さんは喋るのが不得手という設定ですから、前もってストーリーを伝える必要があったんでしょう。たぶん元日も営業しているおしるこの店には、軒並み連絡してるはずですよ」

「マジで？」

栗田が試しに知人の営む甘味処に電話すると、実際にその通りだった。石引和夫という郷土史家から昨日、その旨の連絡があったと教えてくれた。

「なるほどな。福の神の頼みを店の人が邪険にせずに聞くように、いわば根回ししといたのか……。ん？　でも、だったらなんで俺らと、あわぜんざいの甘味処に来たんだ？　あの店には電話してないのに」

「そうですね、最初は行く予定ナッシング。ただ、和菓子職人だと自己紹介した栗田さんが心当たりがあると言うので、なにか特別な注文をするのかと期待して、ついてきたんじゃないでしょうか？　実際、注文した後は結構浮かない顔してましたし」

「……ああ！」

確かにあのとき、妙な態度だったことを栗田は思い出す。

――なんだろう。この店に来るまではもっと明るい顔だった気がするが、店員に伝えた注文が気に入らなかったのだろうか？

栗田はかぶりを振って現実に立ち戻り、「なるほどな」と呟いた。

「じゃあ、この人の目的は――」

「おそらく、自分もよく知らない『古い、昔のおしるこ』というものを店側に用意させたかった。知ってる品なら普通に注文すれば済みますからね。たぶん古くからの店の歴史を踏まえていないとわからない品なんでしょう。――それが本当に曖昧模糊としていて正体不明の品だからこそ、店の人に考えさせたかった。自分からは情報を出さずに、先入観のない状態で頭を使ってほしかったんだと思います」

「そういうことだったのか……」

「相手が一般客じゃなく、『商売繁盛の神様』なら、店側は必死に考えるでしょうからね。それこそ普段なら予想もしない、傑出した案を閃くかもしれません」

「店の人から、ある意味、限界を超えた発想を引き出すためか。だから可能性のある店に郷土史家として『明日、福の神が来るかもよ』的な連絡を入れといたわけだな。すげえ計画立てたもんだ」

栗田が半ば呆れた顔を向けると、

「いえ……。どう考えても、そこまで見抜いたお嬢さんたちの方がすごいですよ」

もはや取り繕うこともなく、石引和夫はそう言って頭を下げた。赤い頭巾と金色の袴をつけた、福の神の姿のままで。

改めて見ると、目の焦点も合っているし、表情も成熟した知性を感じさせる。葵の指摘通り、先程までの態度は演技だったのだ。

「ええ、私が石引和夫です。今のお嬢さんの話は、ほぼ事実で間違いありません」

「やっぱそうか。ほぼって？」

栗田は訊いた。

「じつは目的はふたつありました。今、お嬢さんが仰ったのが一番の目的で、もうひとつは補助的なものですけど。——この格好で変わった行為をすることで、ネットに騒ぎを起こしたかったんです。福の神としてSNSで炎上したかった」

「炎上？　わざと？」

栗田は目をしばたたいた。

「はい。そうすれば多くの人が話題にしてくれると思いまして。福の神が執拗に探している『古い、昔のおしるこ』について考察する人も出てくるでしょう。そのおしるこの正体はなにか、活発な議論が起こる状況をSNS上に作りたかったんです。もしも今日、目的が達成できなくても、後日そちらで正解がわかるかもしれませんから」

もともとは福岡県に住んでいて今は旅行中なのだと石引は語った。

「旅行もできるし、SNSもやってると」

栗田が呟くと、石引は苦い顔をする。

「ええ。年金暮らしで時間だけはあるので……。もちろんSNSの炎上の件は、あくまでも保険です。今日訪れた店で、目当ての品に直接出会えるのが一番よかった」

「ま、そうなんでしょうね」

栗田は嘆息して続ける。

「炎上だけが目的なら、例のあわぜんざいの店も行く予定に入れといたはずだ」

「あの店の品は何度も何度も食べて、空振りになると知ってましたから……。いずれにしても結果はすべて失敗。私は駄目な男です。SNSを使いこなす希有な七十代のつもりが、まさにそのSNSで弓野さんに見つかって、この店で転んで怪我してしまうんですから」

「あ――よく考えたら、そういう巡り合わせになるのか」

ある意味、特技に足を引っ張られた形だが、面と向かって言うのはさすがに酷だろう。口が滑るのを防ぐため、栗田は別の話題を持ち出す。

「あの公式サイトは、やっぱ自分で作ったんですか？」

「はい、自作です。見た目を整えただけで中身は空ですが。情報提供のためのメールフォームさえ設置しておけば一応、使い道はありますしね。あと、掲載していた若者の写真はフリー素材です。自由に使って構わないということでしたから」

「や、SNSのアイコンじゃないんだし、本人の写真使いましょうよ――って、それをしたら福の神の正体がばればれか」

まさしく、と言いたげに石引はうなずいた。

「だけど――」

栗田は少し思案して続けた。

「あなたは結局どういう方なんですか？　肝心の動機がわからねえ。なんだってここまでのことを。古い、昔のおしるこっていうのは？」

「お騒がせしてしまいましたからね……。全部お話しします。いえ、どうか聞いてください。私という人間のすべてを」

ふたり並んだ栗田と葵と、少し離れて立つ弓野。壁際で腕組みする義和と紫の視線を浴びながら、石引が語り始めたのは自らの生い立ちだった。

＊

現在、福岡県在住の石引和夫は、もともとは東京生まれ。

子供の頃は台東区のアパートで家族と暮らしていた。

時は昭和。現代よりも人が生きることに、がむしゃらだった時代だ。

白黒テレビと洗濯機と冷蔵庫、いわゆる三種の神器を揃えようと、日本国民の多くが汗水流して働いていた。

戦後の復興を象徴する高度経済成長の時期で、日本躍進の新時代だと主張する者も多いが、それは恵まれた立場から言える一面の事実でしかない。働けど働けど貧しい者は大勢いて、父子家庭である石引家もそうだった。

和夫と妹の善子、そして父は厳しい貧困にあえいでいた。

妻を早くに病気で亡くした父は手術代の借金を返すため、死に物狂いで働く必要があったのだ。和夫も善子も懸命に父を支えたが、日々は過酷だった。

ある日のこと、父は和夫と善子にこう告げる。

「和夫、善子。よく聞いてくれ。これから一年間、父ちゃんは家を離れる」

「えっ？」

和夫は驚いた。当時の和夫は十四歳の中学生。妹もまだ十三歳だ。父がいなくなったら暮らせない。

「金利のせいで借金が減らなくてな……。このままじゃ一家共倒れだ。ただ、見かねた友人が漁船の仕事を紹介してくれた。遠洋に出て一年働けば、まとめて借金を返せる。そうすればまた普通の暮らしができるんだ。頼む、一年だけ辛抱してくれ！」

それを辛抱できないなんて誰が言えるだろう？

十日後、バッグをひとつだけ持って旅立つ父を見送り、以後の和夫と善子は兄妹で力を合わせて暮らした。

一年間の生活費は渡されていたが、本当にぎりぎりの額だ。近所の人々が助けてくれなかったら、早々に行き詰まっていただろう。つねに限界寸前でなんとかなっている状態――なにせ和夫は学業と並行して、掃除、洗濯、炊事をこなさなければならないのだから。おかげで毎日くたくたに疲弊していた。

だが体の弱い善子に無理をさせ、母親と同じ目に遭わせるわけにはいかない。

父がいない今、長男の自分は絶対に負けられないのだ。命を削るようにして和夫は苦難に耐えた。

だが、いくら頑張っても頑張っても、我慢できないことはある。

それは貧乏を大切な人に味わわせることだ。

大晦日――この日だけは善子にご馳走を食べさせたいと和夫は家計を切り詰めてきたが、折悪しく井戸ポンプが壊れた。修理に多額の費用がかかり、一年の締め括りの夕食にも、やっぱりろくなものが出せなかった。

小さな卓袱台(ちゃぶだい)を囲んで食べるのは、少量のご飯と痩せためざし。沢庵(たくあん)と茹でた野草を齧(かじ)りながら、美味しい美味しいと善子ははしゃいだ。

己の不甲斐(ふがい)なさに落ち込む兄を励ますためだろう。嬉しいが、悲しかった。

その夜、和夫は布団を頭からかぶり、声を殺して悔し涙を流した。

不思議なことが起きたのは翌朝だった。散々泣いたせいか、普段より遅く和夫が目を覚ますと、元旦の台所から甘い匂いが漂ってくる。

「善子……？」

「あ、おはよう、兄ちゃん！　じゃなくて、あけましておめでとう」

「うん、あけましておめでとう……。ところでそれは？」

「おしるこだよ」

善子が笑顔で言った。

「兄ちゃん、いつも頑張ってくれてるから、お礼がしたくて。うちの中学の同級生に前々から作り方を教わってたの。その子の家、浅草で店をやってるらしくてね。すごく人気のあるおしるこなんだって！」

材料を買うお金は、普段からほんの少しずつ貯めていたらしい。

「びっくりしたでしょ。ほら、食べて食べて」

善子の作ってくれたおしるこに、和夫は恐る恐る口をつける。

甘い――。小豆の香ばしい甘さが口の中に染み込むようだった。

甘いものって、なんて旨いんだろう。小豆の汁に浸かった餅もたまらなかった。白くて丸い団子のような餅が、嚙めば嚙むほど柔らかな快感を脳髄に送り込む。

この世界には、こんなに美味しいものがあったのか。

「兄ちゃん、美味しい？」

「ああ、滅茶苦茶うめぇ……」

無邪気に微笑む善子の前で、和夫はぼろぼろ泣いておしるこを食べた。

＊

それからも石引兄妹の苦労は続いたが、一年を少し過ぎた辺りで父が帰ってきた。父はすっかり黒く日焼けしていた。でも元気だった。借金も無事に完済し、石引一家は救われた。

その後、石引は高校に進み、卒業後は工作機械の製造会社に就職。何度か職を変えたり転勤した末、福岡県に腰を落ち着ける。善子とは居住地も離れて滅多に会えなくなったが、毎年の正月には電話して安否を確かめ合っていた——。

そんなふうに語って石引は続ける。

「その善子が——昨年、癌で死去しました。以来、貧しかった子供時代を思い出すことが増えて、無性にあのおしるこが食べたくなったんです。私も年です。あとどれだけ生きられるのか、わかりません。死ぬ前にもう一度、と思いまして。ところが調べてみると、浅草のどの店にも売っていない。影も形も見当たらなかったんです」

いつしか石引は話しながら嗚咽していた。

「そう、だったんですか」

栗田は言葉に詰まる。石引が手で顔をこすって続けた。

「ずいぶん長い間、調べましたよ。ネットやＳＮＳで大勢の物知りに訊いたんです。それでも見つからないということは、普通の方法では無理。もう神頼みしかないんじゃないか？　自分が福の神になって体当たりでぶつかれば、奇跡を引き出せるんじゃないか？　そうやって私なりに全力を尽くしたんですが」

駄目でした――。

悲しい吐息にも似た石引の言葉が店内に響いた。

「きっとあれは、苦しい現実から逃れるために見た幻。今は遠い時の彼方に消えてしまったんでしょうね……」

そうか、と栗田は今にして腑に落ちる。

彼がここまでのことをしたのは本気も本気だからだ。おそらくは最後の締め括りに入っているから。人生の終幕に、どれだけ手間がかかっても、なんとしても、再びあのおしるこを食べたいと欲したのだろう。

死ぬ前にもう一度――。

そう考えると栗田の心は奮い立つ。なんとかして食べさせてやりたいが。

わからない。石引和夫の妹は、どんなおしるこを作ったのだろう？

「なるほど。思い出せる手がかりがそれだけしかないから、浅草で『古い、昔のおしるこ』と表現して注文するしかなかったんですね」

葵が自分に言い聞かせるように呟くと、思いもしない言葉を続けた。

「幻じゃないですよ」

「え？」

「大事な思い出を幻にしたら妹さんも可哀想です。今の話で大体わかりました。『古い、昔のおしるこ』は作れます。栗田さん、手伝ってくれますか？」

驚愕しつつも「マジかよ——もちろんだ」と栗田は答える。

葵が今の話からなにを閃いたのか。そばに立つ弓野も栗田と同様に、なにがなんだか理解不能という顔だったが、紫と義和は意外にも和気藹々と談笑していた。

「やっぱりさすがねー、葵は」

「君の血を引いてるからなぁ。この際だから最後までじっくり見届けよう」

*

店内に小豆の豊かな香りが立ち込めている。

今、石引がいるのは栗丸堂という和菓子屋のイートインスペースだった。

本来なら正月休みのところ、石引のために栗田と葵が開けてくれたのだ。浅草の人情が身に染みた。こんなに親切な若者たちがいるなら、日本はきっと今後も大丈夫だ。

だが本当にあのおしるこが作れるのだろうか。彼らの優しい心根には感謝するが、六十年以上も前に一度だけ食べたものを、果たして本当に――。

気もそぞろな石引が、紫と義和とともにテーブルで待っていると、白衣に着替えた栗田と葵が盆にお椀を三つ載せて運んでくる。

「お待たせしましたー」

葵が軽やかにそう言い、栗田が石引たちの前にお椀を置いていった。

「これが――あの？」

当惑して尋ねる石引に、にこっと微笑んで葵がうなずく。

「ですねー。妹の善子さんがお兄さんのために作った、古い、昔のおしるこです」

「石引さん、食べてみてください！」

栗田が凜々しく告げた。

「では……」

石引は小さく喉を鳴らして箸を手に取る。

それは一見、なんの変哲もない普通のおしるこ――。

だが落ち着いてよく見ると、汁の色が少し黄色っぽかった。餅の形も変わっている。

いわゆる関西風の丸餅ではなく、球形に近い。まるで団子だ。小さな白いそれが、黄色みがかった小豆の汁の中にぷかぷか浸かっている。

「いただきます」

石引がその餅を箸で口に運ぶと、ふわっと珍しい香りが立つ。なんだこれは？

直後に石引は理解する。きな粉だ。これは本来、きな粉がまぶされた餅だったのだろう。それが小豆の汁に溶け込んでいるから仄かに黄色いのだ。

このきな粉のまぶされた小さな餅を、いつか食べたことがある気がする――。

もちもちと咀嚼（そしゃく）していると、ふいに胸の奥でなにかが揺れ動く。

夕陽（ゆうひ）のように鮮やかな郷愁が湧き起こった。

――ああ。

「これだ……。栗田さん、葵さん、これです！　あの日の朝、私が食べたのは、このおしるこです！」

　わけのわからない、狂おしいほどの懐かしさに包まれ、石引はまくし立てた。

「よかったー。やっぱりそうでしたか」

　葵がふわりと微笑んだ。「つい自信たっぷりに言っちゃったので、間違ってたら恥ずかしいなーって思ってたんです」

「でも、どうしてこれが？」

　石引が尋ねると、葵は「石引さんがいくら調べても一切手がかりがない。まずはそれが大きなヒントでした」と答えた。

「どういう意味ですか？」

「結論から言うと、妹の善子さんはちょっとした勘違いから、今まで存在しなかったオリジナルのおしるこを作ってしまってたんです。いわば創作おしるこ。あくまでも結果的に偶然できたもので、しかも本人もそのことを自覚していなかった。だから、どんな店でも見つからなかったんです」

「ええ？　まさか」

　石引は呆然として言葉をつぐ。

「善子は、浅草の店の子から人気のレシピを教わったって――」

「そう。そこにもヒントがあったんです。昭和の高度経済成長の時期、白黒テレビと洗濯機と冷蔵庫を揃えるのが国民の目標だった頃の話なんですよね？　だったら、その浅草の店というのは、やっぱり先程のあわぜんざいの甘味処なんですよ」

「さっきの店ですか？　そりゃまあ、当時から有名だったのは確かでしょうけど」

理屈がよくわからない。

石引の疑念を察したように葵が続ける。

「じつは昔の東京には、おしるこの店が沢山あったそうです。でも、大正時代の関東大震災で、だいぶ数が減ってしまった……。文豪、芥川龍之介も『しるこ』というエッセイの中でこう書いてます」

> 震災以來の東京は梅園や松村以外には「しるこ」屋らしい「しるこ」屋は跡を絶ってしまつた。その代りにどこもカツフエだらけである。

葵はすらすらと水の流れのようにそう暗唱した。

「芥川龍之介さんは意外にも甘党だったんですねー。凛々しい顔して甘いもの好き。

なぜでしょう。すごくシンパシーを感じてしまいます」

両手をうっとりと組み合わせる葵を前に、石引は理解する。

「そうか……。条件を満たすおしるこの店——有名で今も残っていて、なおかつ浅草にあるのは、あのあわぜんざいの甘味処だけなのか。でも、だったら尚更わかりません。きな粉を使ったおしるこなんて、あの店では出してないじゃないですか！」

「そこです。だからこそ勘違いなんです。石引さんは善子さんのおしるこを食べたときの感想で、こんなことを仰ってましたよね。『白くて丸い団子のような餅が、噛めば噛むほど柔らかな快感を脳髄に送り込む』——丸い団子って言ってます」

はっと息を呑む石引に葵は続けた。

「関東のおしるこには四角い餅を入れることが多いんですけど、かといって、弓野さんのおしるこみたいに関西風でもないんでしょう？　だったら、別なものを入れたんじゃないかと考えました。そのおしるこに入ってるのは浅草で売ってる、きび団子なんです」

「あっ！」

石引は震撼した。

——そうだったのか。きな粉を使ったこのきび団子は、確かに子供の頃に東京で食べたことがある。道理で懐かしい味だと感じたわけだ。

　でも、なぜ善子はおしるこに、出来合いのきび団子なんか入れたんだ……？

　葵が少し切なそうに眉を八の字にして続ける。

「きっと善子さんは、毎日くたくたになって頑張ってるお兄さんに、特別美味しいおしるこを食べさせたかったんでしょうね……。だからこそ浅草の店の子からいろんな話を聞いて、一工夫したんでしょう。その際、おしるこに似ていて人気のある、あわぜんざいの存在を知ったんだと思います」

「あわぜんざいの？」

「ええ。店で食べてるときに話に出ましたけど、あのあわぜんざいは粟じゃなくて、餅きび。きびで作った黄色い餅です。それを聞いた善子さんは餅きびを、きび団子のことだと勘違いした。おしるこにきび団子を入れたものが、あわぜんざいだと解釈してしまったんです。だから結果的に、こういう創作おしるこになったんですよ」

「……ああ！」

「餅きびのきびはイネ科の植物の黍（きび）。あわ、ひえ、きびの黍ですね。きび団子のきびは吉備（きび）の国の吉備。主な原料は黍ではなく、白玉粉や餅粉です。読み方は同じきびでも別物ですから」

きび団子はもともとは黍団子と書き、黍粉で作った団子のことだった。後年、吉備の国であったところの岡山県で吉備団子が生まれた。しかし黍には仄かな苦味があるため、現在では黍粉一〇〇パーセントを原料としたものは極めて少ないのだという。

そんな葵の話を聞きながら、石引は自分の胸の辺りに強く爪を立てていた。

体の奥深くが熱く滲む。

「……善子」

なぜだかわからないが、涙が出た。

あの時代、本物のあわぜんざいを食べさせることすらできなかった、極貧の生活。

惨めだった。己の境遇を呪ったことも一度や二度ではない。

だが傷心の兄を喜ばせようと、妹は精一杯の心を尽くしてくれた。黍と吉備という勘違いも、真相を知ってみれば幸福な笑い話。確かに存在した夢のような思い出。

それが今、時を超えて石引の心をあたためてくれる。

微笑みを誘う、きな粉の香ばしさ。

ほっこりと甘い、小豆の汁の味。

「よかった……。わかってよかった――生きているうちにわかって」

石引は震える声で真情を吐露した。

「ありがとうございます、葵さん、栗田さん……。あなたがたのおかげで救われた。あの日の妹に、また会えた」

「よかった」

風に乗る綿雪のように葵はふわりと微笑んだ。

「沢山おしるこを食べて、これからも長生きしてくださいねー」

石引は言葉もなく、ただひたすらに感謝の気持ちの中で、深々とうなずいた。

＊

心残りが解消され、甘味がもたらす独特の幸福感に包まれてもいるのだろう。

食後の石引は憑(つ)き物(もの)が落ちたように柔和で充足した顔だった。

何度も頭を下げて去っていく石引を店の外で見送ると、オレンジ通りの栗丸堂の前には、栗田と葵と義和と紫の四人が残される。

静かに舞う沫雪の中、最初に口を開いたのは義和だった。

「お見事だったよ、栗田くん。君が作ったおしること一連の行動、素晴らしかった。今日は会えて本当によかったよ」

「いえ、そんな。俺は自分がしたいことをしただけなんで。でも——ありがとうございます」

栗田が恐縮して礼を言うと、義和は優しい面持ちでかぶりを振る。

「私は上辺の現実より真実を重んじる性格でね。自分で見聞きした実体験しか最終的には信じない。そういう意味で君は間違いなく合格だ。じつを言うと、会う前は少し心配だったんだよ。若すぎるし、元不良なんだろう？　私は彼らが大嫌いだ。更生したふりをして、葵を利用しようとしてるんじゃないかと思ってね」

「そんな——。違いますよ」

栗田が戸惑っていると、義和は穏やかに微笑む。

「心配ない。葵が告げ口したわけじゃないさ。私が独自に君の過去を調べさせただけだよ。ともかく君が葵と付き合うことを許そう。ごく一般的な友人として」

「え？」

栗田は思わず目を見開いた。

「聞こえなかったかい？　友達として付き合う分には許可すると言ったんだ」

義和の態度は今までと変わらず紳士的で、口にした内容とそぐわない。

これは一体なんだろう。

なにが起きているんだろう。

最後の最後になって急に空気が変わってしまった。

言葉を失う栗田の横で、葵が怒気をあらわにする。

「ちょっと、お父様！　そんな失礼な――」

「葵は黙っていなさい」

義和が毅然と断じて続ける。

「栗田くん、君は確かに優れた男だ。嘘偽りのない快男子だと理解した。だからこそ君と葵はただの友人関係――それ以上のことを求めないでくれ。生まれというのは、努力では変えられない。君が想像するより、遙かに鳳城家の品格は高いんだ。和菓子職人なら尚更のこと。我々は製菓の世界の殿上人であらねばならない」

張り詰めた空気の中、義和は厳粛にこう告げた。

葵は鳳城家の直系で卓越した才覚の持ち主。それだけではなく、従業員たちからも非常に人気があって慕われている。葵自身も和菓子のすべてを深く愛している。

この世界では決して替えのきかない存在なのだ、と。

「じつのところ葵には、見合いをさせたい相手がいてね。将来は彼とともに鳳凰堂の全開発部門の統括を任せたいと思っている。事実上の関東和菓子業界の頂点だ。それを担う資格と責任が我々にはある。――栗田くん、君はどうだ？　我が身を省みて、胸を張って堂々と葵と並び立てる、同格の存在だと言えるのか？」

栗田は義和と視線を衝突させる。

見合いだって？

ふざけるなと栗田は思った。脳神経が焼き切れそうな強い怒りを感じる。

本当は叫びたかった。

――詭弁はよせ。親だからって、恋人同士の間に商売の理屈を持ち込むなよ、と。

だが、それをすれば義和が嫌いだという不良の頃の癖が抜けていないのだと解釈されてしまう。ここは冷静にロジックで応じなければ――。

だが、と栗田は引き延ばされた沈黙の中で思考する。

同格の存在。

今の俺は果たして葵さんと同格か……？

自信を持って、本音で彼女と肩を並べられる男だと言えるのか？

考えてしまう。今まで葵の和菓子に関する才腕を何度も目の当たりにしてきた。彼女と共有する体験に裏付けられた自分の気持ちには、どうしても嘘をつけない。

本当はわかっていた。

そして今、初めてそれを決定的な痛点として自覚した。

——誰よりも好きな相手ではあるが、今の俺はまだ彼女と同格ではない。

大切なのはふたりの気持ち——お互い好きになった以上、なんだって乗り越えられると頭では考えていたが、心の深くにそう断言できないものを抱えていた。

今にして気づく。

俺にはそんな引け目があったのだ——。

だからこそ恋人同士なのに、なかなか距離を詰められずにいたのかもしれない。

栗田は義和から顔を背けた。噛み締めた唇から鉄の味がする。

どうしても言葉を紡ぎ出せない栗田を前に、葵が不安そうに眉間を曇らせた。

「栗田さん——」

張り裂けそうな沈黙が通りすぎる。葵はもはや顔面蒼白(そうはく)だった。

「なにか言ってください、栗田さん!」

だが、どんな言葉を紡げというのか。栗田は拳を握り締めて、その場に佇む。

「残酷だが、現実とは得てしてそういうものだ。行こう。ここにいると冷える」

舞い散る沫雪の中、義和はそう言うと、紫と連れ立って駅の方向へ歩き出す。

その場に残ったのは栗田と葵だけ。確かにひどく肌寒かった。頭が真っ白で今後の方針が思いつかないが、栗田は咄嗟に葵に近づこうとする。

しかし――。

「……すみません」

短くそう告げた葵の顔には、今まで見たことのない色が漂い、栗田は足を止めざるを得なかった。

葵は眉間に皺を寄せて眉尻を吊り上げ、唇の両端を下げている。わずかに頰を膨らませ、瞳にはぎくりとするくらい、なんの感情の色も浮かんでいない。その怖いくらい黒い双眸を栗田に真正面から向けていた。――この表情の意味はなんだろう？

答えは自明だ。

冷ややかに――とても怒っている。

理屈抜きにそれがわかった。故に今はこれ以上、葵に近づけない。

葵はなにか言おうと唇を開きかけたが、結局また閉ざした。その後、無言で身を翻して両親の背中を追う。

ひとり取り残された栗田は血の気を失い、その場から動けなかった。

初めてだ、と頭の片隅で呆然と考える。

出会ってから初めて葵を本気で憤慨させてしまった。

だが、まるで用意された落とし穴に突き落とされたような心境でもある。あの状況で心にもないことは言えなかったし、答えなければ葵が怒るのは当然なのだから。

私は君を認めない——そんな義和の内心の声が聞こえてくるようだった。

舞い散る雪の花の中、栗田は単身、一月の路上に凍えて立ち尽くす。

悔しかった。

衝撃と悲痛で、胸に大きな穴が穿たれてしまったようだった。

文人と和菓子

浅羽が訪ねてきたのは、正月休みの最終日に当たる一月三日の昼過ぎだった。

栗田が玄関の扉を開けると、ロング丈の薄いコートと、黒と灰色のタイダイ染めのスキニーパンツを身につけた浅羽がいて、気怠い微笑みを浮かべながら、

「なんだ。栗田かと思ったら、干からびて瀕死の蛙じゃん。水くらい飲んだら？」

そんな毒舌を吐いた。

「……俺は蛙じゃねえ。つーか、お前は帰れ」

「やだ」

栗田が扉を閉めるよりも浅羽の方が速かった。

するりと三和土に入り込んで靴を脱ぎ、実家に帰ってきた放蕩息子のように台所へ向かう。栗田も後を追うが、足取りは遅かった。

全身が重い。ずっとこんな調子だ。

大きな出来事が起きた元日――冷え切った体で家に戻った栗田は、その後なにをして過ごしたのか覚えていない。時間が完全に吹き飛んでいる。それくらい精神的に強

い衝撃を受けた。

翌日の一月二日も似た状態だった。

気がつくと、ひと気のない終末のような正月の都内を無目的に徘徊していて、いつのまにか徒歩で江戸川区まで来ていた。江戸川の土手を歩きながら、俺は一体なにをしているんだと我に返り、佇む。

体は疲れていなかったが、なぜか急に頭がくらくらしてきて、帰宅して布団に潜り込んだ。そして朝起きて今に至るのだった。

「お前さ、ひとんちの冷蔵庫を勝手に開けるなって、親に教わらなかったのか？」

台所で仏頂面の栗田が言うと、浅羽はしれっと答える。

「いいじゃん。ここって俺んちみたいなものだし」

「……誰なのお前は？」

「さあね。なんだろ。栗田のご主人様？」

「投げ飛ばすぞ」

「無理無理。とにかく、今のお前みたいに弱った虫けらには人権とかないんだよ」

浅羽が冷蔵庫を物色しながら肩をすくめる。

「スマホにいくらメッセージ送っても返信ないからさぁ。念のために見に来たら、このざまじゃん？　初詣で相当やらかしたんでしょ？」

「別に――そういうわけじゃ」

「はいはい、言い訳はいいって。ひとまず座れよ。ろくに食べてなくて衰弱死寸前なんだろ」

そんなことを言いながら浅羽は冷蔵庫に入っていた人参や大根を取り出して洗うと、まな板の上で意外と器用に切り始めた。

「餅は持ってきたし、まずい雑煮くらい作ってやるからさぁ。その間に、あることないこと全部ぶちまけろよ。少しは楽になるんじゃない？」

「――くっ」

見透かすような物言いが癪だが、今は争う気にもなれない。

栗田は台所の隅の木製のテーブルにつき、片手で頭を押さえて語り始める。

「じつは葵さんの親父さんに、ちょっと手痛い指摘されてさ。その流れで、葵さんを初めて本気で怒らせちまって――」

栗田が話し終えるまで、浅羽は時折短い相槌を打つほか、なにも言わずに黙って聞いていた。やがて栗田が経緯をすべて語り終わったときに浅羽の口から洩れたのは、

「は？」

という声だった。

その「は」はなんの「は」なのか。反応に困る栗田の前に、できた雑煮のお椀を置くと、同じテーブルについて浅羽は続ける。

「おかしいじゃん。なんで娘が恋人を紹介する場で、親がそんなこと言うんだよ。とんだ自己中親父でしょ。娘のこと、自分の所有物だとでも思ってんじゃゃない？」

浅羽の舌鋒はいつにも増して鋭かった。

「時代錯誤も、そこまで行くと犯罪だよ。俺が裁判官なら、今すぐ死刑判決を言い渡すね。なにが製菓の世界の殿上人だ。平安時代かよ」

一見、涼しい態度に見えるが、浅羽の声には隠しきれない怒りが滲んでいた。

――浅羽のやつ、マジで腹立ててくれてる……。

俺のために。なんの得もないのに。

どういうわけか一瞬、涙腺にぐっと来て、栗田は慌ててこらえた。半ば自棄気味に雑煮を掻き込むと、少し固めの餅を何度も嚙む。

わりと雑に作っていたように見えたが、本来の味以上に美味しく感じられた。

「……悪くねえな、この雑煮」

「そう？」

「お前にしちゃ上出来だ」

「それはどうも——と言いたいところだけど、腹が減ってればなんでも旨いからね。今の栗田なら、石ころ食べても美味しいって言いそう」

「どうやって食うんだよ……」

「醤油かけて、お刺身っぽく？　あ、そうだ。面白いこと思いついた」

ふいに浅羽はそう言うと、スマートフォンを取り出して画面をつつき始める。

「なんだよ急に。石ころ料理のレシピでも調べてんのか？」

「まだその話題引っ張んの？　違う違う。もっと建設的なことだよ」

浅羽が素っ気ない態度で続ける。

「俺が調べてるのは、お手軽な爆弾の作り方。正月明けに鳳凰堂の本社ビルにさ。やばいの何個か仕掛けてみたら面白いかと思って」

「面白くねえよ！　建設的どころか破壊的すぎるだろ！」

「そうかな？　なんにしても調子こいてる自己中親父には、お灸据えてやんないと。ああ、撮影してユーチューブに投稿もしよっか。爆発する鳳凰堂ビルを背景に歩いてくる俺と栗田の姿——日曜の朝の戦隊ものみたいで楽しくない？」

「捕まるぞ？　楽しいか……？」

　重要な話とそうでもない雑談を繰り広げ、浅羽がそろそろ帰ると言い出した頃には栗田の心境もようやく前向きになっていた。

　持つべき者は悪友――いや、そうとも言えないか。栗田は家の玄関でそっぽを向いて告げる。

「……おかげで吹っ切れた気がするよ。今日は助かった」

「いいって。俺はただ雑煮を作っただけだし。でもさ――実際の話、どうすんの？」

「ん。まずは葵さんと話し合う。一番重要なのはそこだからな。親父さんのことは、いずれどうにかする。今は後回しだ」

「そ。――いいんじゃない？」

　浅羽は仄かに口角を上げて続けた。

「手を焼かされたけど、やっとまともに働き始めたみたいじゃん。栗田のその、ニワトリ並みの哀れで滑稽な脳細胞がさ」

「毒舌のプロか、お前は……。ニワトリ馬鹿にすんな。いいからさっさと帰れ」

「うん、お前はそれでいいの。チャオ」

浅羽は手をひらひら振って玄関の扉を開けた。

＊

「知ってるか栗田。俺は今、ベルトが少しきつい」

まだ世間は正月気分の一月四日の午後。馴染みの喫茶店に栗田が顔を出すと、Ｖ胸当てのカフェエプロンをしたマスターがそんな放言を浴びせてきた。

「あっそ」

栗田は聞き流して正面のカウンターに腰掛ける。

栗丸堂の営業も今日から始まり、今は昼の休憩時間中だった。店の作業場には先に昼食を済ませた同僚の中之条がいるから、急な注文があっても問題ない。

マスターの喫茶店はいつもと同様の盛況ぶりだった。客層は普段と少し異なるが、賑わっている。

オールバックの髪に洒落(しゃれ)た無精髭(ぶしょうひげ)を生やし、不必要に壮健な野性味を漂わせているマスターに、栗田は素っ気ない口調で続けた。

「きついならベルト緩めれば？　俺、コーヒーとサンドイッチ」

「了解。しかし栗田——お前いつから人の切なる心情吐露にそんなドライな返事をする、つれない男になったんだ？」

「ずっとこうだよ。少なくともマスターのベルトには一ミリも興味ねえ。どうせあれだろ？　正月だからって自堕落に、食っちゃ寝、食っちゃ寝の連続だったんだろ？　餅ばっか食ってさ」

「無論、その通りだ」

「だからだろうが！　心配ねえよ。そんなの普通に働いてりゃ、すぐ元に戻る」

「どうかな？　案外そうでもないと自信を持って言えるのが、三十代も半ばに達した大人の男というものでな。余分な肉が落ちにくくなったのが最近の困りどころだ。どうだ。今度一緒にジムにでも行かないか？　俺の肉体美を鑑賞し放題だぞ？」

「余分な肉がついてるんじゃねえのかよ」

「なればこそだ。ただ腹筋が割れてるだけのお前と違って、俺の体には風情がある。逞しい筋肉の上に、儚げにこびりついた贅肉——これこそ我が国が誇る幽玄な情緒というものだろう」

「やめてくんない……？　日本の情緒を本気で貶めるようなこと力説すんの。腹減ってるんだし、早くサンドイッチとコーヒー」

まもなくカウンターに注文の品が置かれ、栗田が仏頂面で食べ始めると、少し真剣な顔でマスターが声を潜める。

「ところで栗田。お前たち、なにかあったのか?」

「なにかってなにが?」

「葵くんが来てる。ただ——様子が少しおかしい気がしてな。奥のテーブルだ」

「え?」

振り向くと奥のテーブルに本当に葵の姿があり、率直に意表をつかれる。てっきり当分の間、浅草には来ないものだと思い込んでいた。実際あれ以来、一度も連絡がなかったのだ。おかげで孤独が身に染みた正月休みだったが。

意図はわからない。だがこの機会は見過ごせない。栗田はすぐに席を立ち、混み合う午後の喫茶店の奥のテーブルへ向かう。

「葵さん」

栗田が少し緊張気味に声をかけると、頬杖(ほおづえ)をついて物思いに沈んでいた葵が驚いたように顔を上げた。

そして長い睫毛(まつげ)をさっと伏せる。

「……何ですか」

やっぱりと栗田は思った。

葵はまだ怒っている。胸の中で反響する痛みをこらえて栗田は口を開く。

「あのさ、元日の件、両親連れてきてくれてありがとな。それと——悪かった」

気持ちを込めて栗田は続けた。

「義和さんの言葉……突然すぎて、どう答えていいのかわからなかった。面目ねえ。おかげで正月早々、不安な思いさせちまった。不甲斐なかったよな。すまなかった」

栗田の謝罪に葵は言葉を返さなかった。ただ無言で細い眉を寄せている。賑やかな店内に、台風の目のように静かな空間が生じた。

自分の心音が速くなるのを聞きながら、栗田は背中に微量の汗をかく。

——まずい。これは自分が思っている以上に大ごとらしい。

普段の葵は総じて自然な微笑みを浮かべていることが多い。少なくとも今まで栗田と会っていたときはそうだ。

だから今まで知らなかった。葵のような美人が真顔で不機嫌をあらわにしていると結構怖い。その怒りが自分に向けられているなら尚更だ。冷たく不穏な迫力がある。

ややあって葵は顔を上げると、背筋を伸ばして凛と言葉を放つ。

「怒ってないです」

栗田は思わずたじろいだ。

――そんなこと言うのか……。

もちろん今のは言葉通りの意味ではない。葵は眉間に薄く皺を寄せ、唇の両端を下げている。そんな表情で発された今の言葉は「真正面から正反対の発言をしてしまうくらい、わたしは深く静かに怒っています」という意味に違いないのだ。

さすがに胸にこたえる。そこまで自分は葵を怒らせたのか。

――だとすれば。

ふいに疑念が栗田の脳裏を走る。

憤慨の理由がひとつだけとは限らないのではないか？　じつは栗田が義和に言い返せなかったこと以外にも理由があるのでは？

確信はできないが、感じるものがある。自分はなにか見落としていないか？　お互いの間に初めて生じたこの不協和音の全容は、今の自分の理解で本当に正しいのだろうか？

しかし葵の態度からは、どうしても詳細が読み取れない。

そのとき唐突にあの日の義和の言葉が胸に甦る。

――『じつのところ葵には、見合いをさせたい相手がいてね。将来は彼とともに鳳凰堂の全開発部門の統括を任せたいと思っている』

「嘘だろ？」

栗田はつい口走った。「葵さん、まさか――」

葵は無言でわずかに眉を持ち上げた。栗田の全身が急激に冷えていく。

「見合い、するのか？」

栗田が呆然と呟くと、葵の両目が大きく見開かれて、瞳の色が急に暗くなった気がした。突然ふいっと顔を背け、彼女はテーブルの上の伝票を摑んで立ち上がる。

「葵さん？」

「お疲れ様です」

意外すぎる言葉だった。

――お疲れ……様？

発言の意図が摑めずに栗田は固まる。葵は素早くお辞儀してテーブルを離れると、レジで手早く会計を済ませて店の外へ出て行った。

激しい混乱の中、栗田はテーブルから動けない。

――どうして。そんなことが。

やがて小さくこぼした「嘘だ――」という言葉は、およそ自分でも聞いたことがないほど掠（かす）れていた。

＊

その日の店の営業時間の終わりが近づいてきた頃である。作業場で明日の仕込みを行っていた中之条が、遠慮がちに栗田へ顔を向けた。

「あの、栗さん。お昼に変なものでも食べました？」

「ん、普通にサンドイッチ食べたけど。なんで？」

「なんだか元気ない気がして。おなかでも壊してるのかなと」

「……大丈夫だよ。これでも胃は丈夫だから心配すんな」

栗田の返事に「なら、いいんですけど」と中之条はいかにも納得いかない顔で納得の言葉を返す。

致し方ない。マスターの喫茶店から帰ってきて以来、栗田はずっと心ここにあらずだった。どうしても葵の態度が頭から離れないのだ。あれはなにを意味していたのか。怒っているのは伝わったが、そもそもなぜマスターの店にいたのか。

仮説なら一応ひとつある。

──葵は父の義和に栗田との交際を反対されて、見合いをすることになった。だから栗田に別れを告げるために浅草へ来て、喫茶店で心の準備をしていた。

「違う！」

栗田の独り言に中之条がびくりとする。

そんな展開は決して認めたくないし、認められない。本当に冗談じゃない。だから必死に他の可能性を模索しているのだが、目下、暗礁に乗り上げているのだった。

「どうすれば──」

栗田が低い声でこぼした直後、ふと作業場の外から妙な声が聞こえる。

接客担当の志保に、来たばかりの客がなにか尋ねているようだ。志保の声はどこか剣呑（けんのん）だが、会話の内容まではわからない。

まもなく暖簾が勢いよく翻り、志保が作業場に駆け込んできた。

「大変だよ、栗！　暴走族があんたを訪ねてきた！　なんかゼッツーとかに乗ってそうな尖（とが）ったやつでね。こりゃタイマンの申し込みじゃないか？」

「は？」

栗田は一瞬ぽかんとした。

「ゼッツーって……バイク？　カワサキ７５０ＲＳのことかよ？」

「詳しいことは知らないけど、ヤンキー漫画によく出てくるバイクさ。あんただって乗ってたんじゃないの？」

「乗ってねえよ！　つーか、世代が違うんだよ。ゼッツーなんて今じゃ相当な値段するんだぞ。大体、俺はただの和菓子屋の息子で、ゾクとは無関係だ」

「元不良だろ？　不良もヤンキーも暴走族もヤクザも、似たようなもんじゃないか」

「偏見丸出しだな……。世の中、多様性を認めろってあちこちで言ってるだろ。なんでも一括りにすんのは失礼なの。不良ってのはクールで寡黙で、世間の理不尽に立ち向かう孤高の一匹狼なんだよ。つるんで陽気にやってるヤンキーとか暴走族とは別の存在なの。まぁ、今の俺は別にどれでもねえけど」

「はいはい」

「あっさり流したな……」

「つべこべ言ってないで、早く落とし前つけてきな。あんな強面が店にいちゃ、お客さんが怖がっちまうよ」

「ったく、なんなんだ？」

　作業場の外に出ると、閉店時刻間際の閑散とした店内に見覚えのある男が立っていて、栗田の目を見開かせる。

「あ、お前――」

それは黒髪をジェルで立てた鋭利な雰囲気の青年――昔の仲間の梅津洋平だった。今は確か十九歳のはずだ。愛用の赤いライダースジャケットと、細身のレザーパンツ姿でヘルメットを抱え、必要以上にいかついライディングシューズも履いている。

「お久しぶりっす、栗田先輩」

梅津がお辞儀した。

「ああ、そっちも元気そうだな……ってお前、その格好でオレンジ通りを歩いてきたのか。そりゃ志保さんに、やべえやつだと勘違いされるわけだ」

「自分、単車好きなんで」

「ん、知ってるよ」

梅津は大のバイク好きなのだ。愛車はゼッツーではなく、ゼファーの古いモデル。ゼファーとは英語で西風のことで、本来は西から吹くそよ風くらいの意味だが、梅津のライディングテクニックは、かつての栗田のスピードにもついて来られるほどのもの。特別仕様の愛車は〝音速のゼファー〟という異名で呼ばれていた。

普段はまともな好青年だが、運転中に興が乗ると人が変わり、

「先輩にも――〝音の壁〟の先、見せてやンヨ――」

そう言って粋がる彼の姿を今でも覚えている。

栗田は率先して仲間とつるむ方ではないが、梅津の繊細かつ大胆な運転技術、また、いつも丁寧に単車を手入れしていたところが気に入り、彼が困ったときはよく面倒を見てやったものだ――。

と、昔の記憶に浸っている場合でもない。栗田は困惑まじりに腕組みする。

「で、今日はなんだよ。豆大福でもほおばりながら、バイクに乗んの？」

「それはさすがに喉が詰まりそうです」

「だな」

「今日は浅羽先輩の紹介で来ました。自分、今ちょっと悩んでることがあって」

梅津の言葉に、栗田は「浅羽の紹介ぃ……？」と鼻に皺を寄せて続けた。

「悩みがあるなら、そのまま浅羽に相談した方がよかったんじゃねえか？　俺、別に暇じゃねえし、あいつは一応、大学生なわけだし」

ちなみに栗田と浅羽は同じ大学の同じ理工系の学部。入学したはいいが、その後、色々とありすぎて、短かったキャンパスライフは遠い昔の出来事に感じられる。

大学受験の前に不良仲間とは縁を切ったつもりだったから、今になって梅津が訪ねてくるのは内心、わりと面食らう部分があった。

梅津が少し困ったように顎を引く。

「自分も最初はそう思って、浅羽先輩のところに行ったんですけどね……。こういうのは餅は餅屋だからって」

「なんだよそれ？　うちは和菓子屋兼甘味処だぞ」

栗田が入れた茶々に、「まさにそうです」と梅津は律儀にうなずいて言葉をつぐ。

「あと、なんか今ややこしいことになってる栗田先輩のためにも、目先を変える出来事があった方がいいって言われたんです。よくわからなかったんですけど、気分転換みたいな？　栗田先輩、今取り込んでるんですか？」

「ったく、そういうことかよ」

栗田は渋面でぼそっと呟いた。「あのお節介焼き」

「え？」

「や、別に。取り込むって言うほど取り込んでねえよ。せっかく来たんだし、話くらい聞くさ。今店じまいするところだから、ちょっと待ってな」

「お手数おかけします！」

梅津は軍隊のように切れのいい動作でお辞儀した。

＊

「ふうん、そっか。お前も色々頑張ってるんだな」

近況を聞いた栗田が言うと、梅津は照れたように首の後ろを掻いた。

「ええまあ……地味な作業の繰り返しではあるんですけどね。嫌いじゃないんで」

店じまいして中之条と志保が帰った後、一階の客間で栗田と梅津は緑茶を飲みながら世間話をしていた。

卓上に置かれたお茶請けは、売れ残りのどら焼き。既に一個たいらげた梅津は、ふたつめのどら焼きに手を伸ばして、

「でも、このどら焼き、滅茶苦茶うまいっすね。栗田先輩が作ったんですか？」

朴訥とした口調でそう言った。

「ああ。お前と同じように地味な作業の繰り返しで作ったもんだよ」

「やっぱ大切ですよね、それ」

実直な表情で応じる梅津は現在、西浅草のバイクショップで修理や整備の仕事をしているという。学校生活にはあまり馴染めていないようだったが、仕事への熱意が認

められ、職場の同僚にも恵まれて、今は彼なりに毎日充実しているようだった。

「で？」

栗田は緑茶を一口飲んだ。「世間話はもういいだろ。本題に入れよ」

「ですね。栗田先輩、これちょっと見てもらえますか」

梅津がジャケットのポケットから取り出して座卓の上に置いたのは、一枚の葉書だった。栗田が手に取ると、白い無地の葉書にこんな文章が印刷されている。

【問題】
文豪、森鷗外（もりおうがい）がご飯にのせて、お茶をかけてよく食べた和菓子は？

「……なにこれ？」

栗田はきょとんとして葉書を裏返し、宛名面を見た。

宛先には石野亜由美（いしのあゆみ）という名前と、人形町（にんぎょうちょう）のたい焼き屋の住所が、裏面と同じようにプリンターで印刷されている。

差出人の部分には記載がなく、誰が出したのかはわからない。

葉書の消印は去年の十一月二日、浅草となっていた。とりあえず年賀状ではない。

「えっと、どこから話せばいいのかな。栗田先輩には言ったことありましたっけ？石野亜由美ってのは、その——自分の彼女です」

「え、お前の？」

「はい。一歳年上で、高校時代からの付き合いなんですけどね。いいやつですよ。今は人形町のたい焼き専門店で働いてて。その界隈じゃわりと有名な店らしいです」

「初耳だな。彼女いたのか」

「ええまあ。なんか自慢みたいで、言いにくかったんで」

梅津が照れて後頭部を掻いた。栗田は軽く息を吐く。

「水くせえ。自慢したいときはすればいいんだよ。今からお前らに彼女自慢しまくって堂々と予告してさ。でも、そうか。だから和菓子屋の俺のところに来たのか」

「そうなんです」

梅津がこくりと同意して続けた。

「亜由美が働いてるたい焼き屋に——うん、去年の秋頃からですね。亜由美宛ての妙な葉書が大量に届くようになって、その一枚がこれなんです。毎回こんな問題がひとつだけ印刷されてるんですよ」

「ん」

「和菓子の知識を試す質問——それ自体はまあいいとして、匿名で何枚も何枚も送ってくる意味がわからない。亜由美も心当たりがないって、気持ち悪がってるんです。最近は神経をぴりぴりさせて、ほんと可哀想で……。ちなみに栗田先輩、答えわかります？　森鷗外がご飯にのせて、お茶をかけて食べた和菓子ってやつ」

「ん。これは結構有名らしいぞ」

「そうなんですか？」

「ああ。答えは饅頭。森鷗外は甘党で、饅頭茶漬けが好物だったんだ。文字通りご飯の上で饅頭を割って、煎茶をかけて食べたらしい。すげえ上級者向けの食べ物に思えるけど、まずくはない。一度やってみたら、そこそこ旨かったからな。あくまでもそこそこだけど」

そう、思えばこの話は以前、葵から聞いたのだった。

あれは去年、仲見世通りを一緒にぶらついていたときのことだ。揚げ饅頭の店を見かけて、饅頭の話題になった。饅頭を揚げるとはこれ如何に——という話が思いのほか膨らみ、やがて饅頭茶漬けが俎上に載った。

陽射しの下、葵が笑顔で蘊蓄を語る姿を今でも覚えている。

「やー、森鷗外さんは十二歳で、今で言うところの東大医学部に入学して、卒業後は軍医になってドイツに留学するんです。医師の仕事と並行して文学作品を執筆してたんですねー。留学先で細菌学を学び、細菌の恐ろしさを知った鷗外さんは、基本的に生ものを食べなかったそうですよ。生水はおろか、果物も煮て食べていたのだとか」

「へえ」

「生水を飲まないから、飲み物はお茶。果物を食べないから、甘いものは饅頭などの熱を通したもの。同じくご飯にも熱が通ってますし、細菌嫌いで甘党の鷗外さんにとって、饅頭茶漬けは非常に理に適う食べ物だったのではないでしょうか？　思えば饅頭って作りたての熱々がたまらなく美味しくて、あの生地のふわふわ感が――」

いつしか葵は夢中で早口になり、栗田は呆気に取られて聞き入ったものだった。

あの日の姿を思い返すと、今の関係の悲しさが身に染みる。

胸が痛い。なんとか早くこの不和を解消しなければ。

だが栗田の内心を知るよしもなく、梅津は真顔で感心している。

「さすがですね。やっぱり浅羽先輩の言うとおりにしてよかった。栗田先輩ならさっとこの件をなんとかできる！」

「いや、盛り上がってるところ悪いけどさ。俺、今そんな場合じゃなくて――」

栗田が困っていると梅津が先んじる。

「もちろん自分も、栗田先輩の手を煩わせたくなんかないですよ。ただ自分、残念ながら頭悪くて……。犯人さえわかったら自力でボコボコにします。人の彼女に舐めたマネしてユーウツにさせるとか、ツブせって言ってるようなモンだし」

喋るうちに興奮してきたのか、梅津の目が据わり、口調も変わってきている。

「やめろ」

栗田が鋭く釘（くぎ）を刺すと、はたと梅津は我に返った。

「すみません。だけど――」

「とにかく喧嘩はすんな。せっかくの仕事、首になるだろ。結果的に一番悲しむのは亜由美さんじゃねえか。大体、それが犯人たちの狙いなら、してやったりだろ」

「え？　というと」

「いや、わかんねえけど、昔のお前って結構荒れてたじゃん？　今でも恨みを持ってるやつらがいて、周りを巻き込んで面倒な事態に発展させようとしてるのかもよ。ところで――亜由美さんが働いてるたい焼き屋の店主って、どんな人なんだ？」

「たい焼き屋の？　またどうして急に？」

「少し気になるんだよな。亜由美さんに嫌がらせするならその葉書、普通は住んでる場所を宛先にするだろ。なんでわざわざ職場に、亜由美さん指定で送るんだ？」

「あ。言われてみれば」

「葉書に和菓子の質問が書いてあるのは、この問題わかりますかって感じで、たい焼き屋の人にも見せたいからじゃねえのかな？　例えば——そうだな。店の人がなんか悪事を隠してて、亜由美さんを介してその件を糾弾したい。わかる者にだけわかるメッセージを文章の中に仕込んでるとかさ。そうすれば亜由美さんに情報を部分的に共有させることができて、リスクの分散にもなる」

栗田は少し考えてから続ける。

「それか、亜由美さん自身の秘密——職場の人に知られたくない情報が隠されてるとか。ばらされて首になりたくなければばっていう、脅しみたいなパターンも考えられる。なんにしても店に送ることに意味があるんじゃねえか？　そこんとこ、どうなの？」

亜由美さんと職場の人たちとの関係は良好？」

「はい、それは今のところ大丈夫です。店の人は、亜由美の友達の悪戯だと思い込んでるみたいで、笑い話扱いだとか」

「……なら見込み違いか」

栗田は落胆して息を吐いたが、梅津の反応は逆だった。

「やっぱりすげえ。さすがは浅草の元テッペン——栗田先輩は完全無欠のワルだ！

自分はそんな悪事、思いつきもしませんでしたよ」

「ワルじゃねえよ、まったくの逆だろ。俺はお前らのことを心配して――」

「お願いします！　亜由美を助けてやってくれませんか？　できれば本人に会って、直接話を聞いてやってほしいんです。この通りです！」

栗田が反論する暇もなく、梅津は正座したまま深々と頭を下げる。

――参ったな。今は葵さんのことだけで精一杯なのに。

栗田は仏頂面で小さく唸り声をあげ、直後にはたと気づいた。

――いや、そうじゃねえ。

今の自分は葵の件で不安と焦燥に苛まれている。しかし考えてみれば梅津も似たようなものなのだ。亜由美が心配でたまらず、自分ではどうしても状況を打開できない焦燥感の中、思い切って昔の仲間を頼った。

そこにはかなりの覚悟があったはずだ。

そして亜由美という女性は、今の梅津以上に不安でたまらないに違いない。

くそっ、と栗田は歯嚙みする。

なんてこった。

今の自分が苦境だからこそ、同じように苦しむ者を見捨てられない。

「……ったく仕方ねえ。今回だけだぞ」

栗田が長い溜息(ためいき)とともに絞り出した返事に、梅津は喜びをあらわにした。

「よかった！　ありがとうございます、栗田先輩！」

「ちょうど明日はうちの店、定休日だしな。たい焼き食べに行ってみるわ」

その店で働く亜由美に訊かなければ、葉書の本当の意味はわからないだろう。すんなり片付く話だといいんだが、と栗田は半ば祈るように考えた。

＊

翌日、予定の時間より早く家を出た栗田は、駅に向かう前にいつもの喫茶店に顔を出した。もしかしたら葵に会えるのではないかと期待したのだが。

「葵くんなら今日はまだ来てないぞ」

カウンターに腰掛ける前にマスターにそう言われて、栗田は肩を落とす。

「そっか……」

残念だ。

葵に今回の件を話せば、彼女の性格上きっと協力してくれる。その過程で和解のきっかけを摑めるかもしれないという淡い期待があったのだが、どうにも今は歯車が嚙み合っていないらしい。

——今頃なにしてんのかな、葵さん。

気づけば思いを馳せている。やはり家でひとり静かに憤っているのだろうか。それとも既に頭を切り替え、見合い相手のことを考えていたりするのか。

——違う……。

悲痛に唇を嚙む栗田の前で、マスターは無言でコーヒーカップを磨いている。なにも知らないはずはないのに、なにも訊いてこないのが今はありがたい。

「伝言があるなら承るが？」

マスターが悠然と微笑んで、それだけ言った。

「いや……遠慮するよ。自分の口から伝えたいから」

「そうか。それがいいな」

マスターが満足げにうなずく。

だが、こうなってみると葵が自分用のスマートフォンを持っていないことが地味に効いてくる。さすがに鳳凰堂の本社や自宅に電話するのは気が引けるし、今の状況を考えれば葵には取り次いでもらえないだろう。

「今は仕方ねえ。――帰りにまた寄るよ、マスター」

「おう。気をつけてな」

栗田はマスターに軽く片手を振ると、足早に店を出た。


栗田が人形町に着くと、待ち合わせ場所のからくり櫓(やぐら)の前には既に梅津がいた。

「おう、早いな梅津。からくりが動き出すまで、まだわりと時間あるぞ」

この櫓のからくり人形は、毎時動いて通行人を楽しませてくれるのだ。年中無休でお疲れ様としか言いようがない。

「栗田先輩を待たせるわけにいきませんからね。定休日なのに申し訳ないです！」

梅津がびしっと気をつけの姿勢で言った。

「いいって、楽にしろよ。今日は単車で来たのか？」

梅津は今日も気合の入った赤いライダースジャケットにレザーパンツ姿だった。

「ええ。バイクは駅のそばの駐車場に置いてます。栗田さんは？」

「俺はもう単車は売っちまったからな。普通に浅草線で来たよ」

「そっか……。なにかの拍子に走り屋の血が騒ぐでしょう？　峠攻めたくなったときは、いつでも貸しますんで」

「走り屋じゃねえよ！　あんなこと、もうやらねえよ」

「そうなんですか？　まあ、亜由美の働いてるたい焼き屋はここからすぐです。話しながら行きましょう」

気温こそ低いが、今日は心地いい晴天。冬の陽光に照らされて、澄んだ清潔感を漂わせる正月の人形町を栗田たちは歩き始めた。

件のたい焼き屋に着くと、店先で待っていた私服姿の女性が梅津を見つけ、小走りに近づいてきて尋ねる。

「その人が、伝説の不良の栗田さん？」

「うん、失礼のないようにな」

梅津が真顔で答えると、彼女は緊張気味にうなずき、「あの……わたし、石野亜由美です。今日は相談に乗ってくださるとのことで、本当にありがとうございます」

少し上擦った声でそう挨拶した。

事前にどんな説明されたんだか、と思いながら栗田も腰を低くして会釈する。

「俺は浅草で栗丸堂って和菓子屋をやってる、栗田仁です。よかったら今度、食べに来てください。オレンジ通りを歩いてれば自然に見つかるので」

「はい、そうします」

意外とおっとり系だな、と栗田は思った。梅津の彼女だから、なんとなくデコトラを乗りこなす女帝みたいな人かと思っていたが、予想は見事に外れた。

石野亜由美は髪を後ろで結んだ、おとなしい感じの女性。梅津より一歳年上らしいが、むしろ容姿は年下に見える。どこか顔色が優れず、元気がなさそうなのは、謎の葉書の嫌がらせで神経が参っているからだろう。

亜由美は休憩時間に入ったところだそうだ。三人分のたい焼きを買い、食べながら近くの公園へ移動する。

有名な店だけあって美味しいたい焼きだった。皮の表面はさくさくとスナックのように香ばしく、内側はふっくら食感。満遍なく熱が通った餡はずしりと重く、小豆の風味と甘味がたっぷりだ。冬の熱い幸せが詰まっている。

——たい焼きって、コーヒーと一緒に食べても旨いんだよな。

今度また買いに来ようと栗田はひそかに考える。

栗田と梅津と亜由美は公園に到着すると、テーブルを囲むベンチに腰掛けた。まずは軽く儀礼的な世間話をする。

「確か同じ高校だったんですよね？　ふたりとも」

　栗田は対面の亜由美と梅津に話を振った。

「ええ、そうです。家から近くて校則もあまり厳しくない、いい学校でしたよ。学年に何人かヤンキーもいましたけど」

　亜由美のその言葉を聞き、梅津が「俺はヤンキーじゃない。ただ、学校のやつらと馴染めなかっただけ」と呟いた。

「うん、わかってる。でも、おかげで梅津くんと出会えたんだもん。悪いことばかりじゃないよね」

「どういうことですか？」栗田は訊いた。

「あ、わたしたち学年が違うんです。だから本来は接点がないんですけど――あれはわたしが二年で、梅津くんが一年生の頃でした。昇降口で梅津くんが喧嘩寸前のところに、たまたま行き当たって」

　亜由美の話によると当時、二年に山崎という有名なヤンキーがいた。親が大手食品メーカーの重役で、甘やかされて育った素行の悪い問題児だ。その山崎と梅津が靴箱の近くで睨み合い、今にも殴りかかりそうな一触即発の状態だったという。

「ま、発端はくだらないことだったんすけどね」

　梅津が恥ずかしそうに言った。「軽くバッグがぶつかって、謝れこの野郎って」

「マジでくだらねえ」

栗田はつい半眼で呟いた。

「や、当時は自分も学校生活が気に入らなくて、いらついてたんで。我ながら馬鹿だった。相手の態度も癇に障って、後に引けなくなったんです。偶然通りかかった亜由美が止めてくれなかったら、そのくだらないことで喧嘩して、停学食らってましたよ。だから亜由美は——俺の恩人なんです」

梅津は少し照れたように横目で亜由美を見た。

彼女も頬を赤らめて素早く胸の前で手を振る。

「わたしも必死だったんだよ。パニくっちゃって、気がついたら仲裁に入ってた」

「やめなさい先生呼ぶよって、すごい迫力で言ってたな。その辺のギャルよりずっと怖かった。実際、山崎の野郎はすぐ逃げてったし。おかげで俺は学年の違う亜由美と知り合えたわけだけど」

それを機に交流が始まって、いつしか正式に付き合い始めたということだった。

「運がよかったよ俺。きっと、ああいうのを運命の出会いっていうんだ」

梅津が遠くを見るような目で呟き、「そうだね」と亜由美も賛同する。

「亜由美——」

「梅津くん――」

梅津と亜由美は、ふたりの世界に浸るように、うっとりと見つめ合った。

まるで昔の少女漫画の一幕だ。俺ここにいると邪魔ですかね、と栗田は思う。

「……あのー、前置きはそんくらいにして、本題に入ってもらってもいいすか？」

栗田が遠慮がちに水を差すと、「すみません！　ではこれを」と亜由美は慌てて持参したショルダーバッグの中から葉書を取り出した。

公園のテーブルの上に三枚ほど葉書が並べられる。

それぞれこんな文章が印刷されていた。

【問題】

有名な短編小説の題名にも取り入れられた、仏教の褒め言葉にまつわる和菓子は？

【問題】

平安時代の、ある文人が、金属のお椀に入れて食べたと著作に記した和菓子は？

【問題】

ある著名な詩人が、Cの粉がこぼれるのを見て涙する内容の詩を書いた。

Cとはなんの和菓子？


「ん……。例の嫌がらせの葉書か。梅津に見せてもらったやつと、形式は同じだな。テーマは——文人と和菓子？　どれもこんな感じなんですか？」

「ええ、ですね。文人と和菓子。内容は毎回それです」

亜由美がきまじめに栗田にうなずく。

栗田が葉書を裏返して見ると、宛名面も前に見たものと大体同じだった。宛先は先程のたい焼き屋で、しかし店主ではなく「石野亜由美様」と印刷されている。差出人の部分は空欄。

三枚とも消印は去年の十二月で、引き受けた郵便局は浅草となっていた。

「短編小説と平安文学と詩か……。文学なんだろうけど、幅が広すぎて捉えどころがねえな」

栗田は三枚の葉書を扇子のように広げて眺め、困惑気味に続ける。

「亜由美さん、この謎の葉書って、去年から来るようになったんですよね？」

「はい、最初に店に届いたのは去年の十一月です。店長さんに見せられたときは唖然としました。だって普通ありえませんもん。本当にまるで心当たりがなかったから、変な悪戯だねえって店長さんと一緒に笑ったんです。でも、それからしょっちゅう来るようになって、さすがに怖くなって。心配されないように職場では平気なふりをしてますけど」

「ん」

亜由美がそう振る舞う理由はわかる。彼女が怖がって悪戯扱いしなくなれば、店長は警察沙汰にしなければならず、結果として仕事にも悪影響が出るだろうから。

亜由美は肌寒くなったように身を震わせて口を開く。

「店がずっと年始のお休みだったので、今月はまだ届いてません。でも——偏執的ですよ。全部でもう二十三枚も届いてるんです！」

「え？　そんなに」

栗田は背筋がぞくりとした。これは確かに怖い。

二ヶ月で二十三枚なら、月に十枚以上も届いているわけだ。

葉書の内容から暴力的な印象は持っていなかったが、じつは送り主は常軌を逸した精神の持ち主なのかもしれない。なるべく慎重に取り組まなければ。

「送付の頻度はまちまちなんですけどね……。まとめて二、三枚届いたり、一週間くらい間が空いたり、規則性はありません。でも、それだけに心の準備ができなくて」

俯きがちに語る亜由美を前に、栗田は腕組みして思案する。

「きっとなんとかします。ところで亜由美さん、十月はどう過ごしました？」

「え？」

「や、差出人が十一月からそんなに旺盛な活動を始めたのは、なんでなのかなって。さっき心当たりはないって言ってましたけど、葉書とは直接関係ないことでもいいんです。友達と喧嘩したとか、事故の現場に遭遇したとか、なにか珍しい出来事はなかったですか？　変わった和菓子屋に行ったとか」

栗田の言葉に、亜由美は手で口元を隠すようにして考え込んだ。

ややあって頭をゆっくりと横に振り、

「ありません……。ほんとに全然心当たりがないんです。お役に立てなくて申し訳ないんですけど」

沈みがちにそう答えた。

「いえ、いいんですよ。悪いのは送る側ですから。でも、そいつの手がかりがなにもないのは痛いな。やっぱ文面から攻めるしかないのか」

栗田は再び葉書に目を落として頭を捻る。

「栗田さん。この葉書の内容、どう思います？」

ふいに亜由美が単刀直入に訊いてきた。栗田は眉を寄せて黒髪をくしゃっと掻く。

「ん。残念だけど、今はちょっとわからないですね。これ難しい。和菓子屋でもすんなり答えられる人は少ないと思う」

「いえ、問題の答えじゃなく——和菓子屋さんの立場から思い当たる経験ってないですか？」

「経験？　と言うと」

「例えば正規の和菓子職人になるためには試験を受けて、こんな問題を色々解かなきゃいけない、みたいな」

亜由美の発想に、さすがに栗田も意表をつかれた。困惑まじりに口を開く。

「や、和菓子職人になるのに資格は必要ないんですよ。店をやるなら食品衛生責任者の資格が必須ですけどね。他に製菓衛生師とか菓子製造技能士といった資格がありますけど、これは自分の腕を証明するためのもので、文人や文学とは無関係です」

「そうですか」

亜由美が気落ちしたように溜息をつく。

「じゃあ、なんのためにこんな葉書を何枚も送ってくるんだろう……」

亜由美には悪いが、皆目見当がつかない。栗田が言葉を返せずにいると、梅津が

「ただの悪戯だよ。あまり気にするな」と威勢よく彼女を励ます。

「悪戯……には思えないけど」

亜由美が悄然と呟くと、梅津が彼女の腕に手を置く。

「だとしても平気だ。なにかあったら俺が守ってやる」

「梅津くん、頼もしい」

「亜由美――」

「梅津くん――」

――え、またそれ？

梅津と亜由美は再び見つめ合いながら、ふたりだけの世界に浸り、栗田に汗をかかせた。

とはいえ、実際にこの謎の葉書を目の当たりにしていると、梅津の悪戯説はどうしても空論に聞こえる。これに意味がないはずがない。筆跡を隠すために文章もわざわざ印刷してあるし、必ず意図がある。

しかし――この行為によって犯人はなにを得られるのだろう？

栗田は頭を捻ったが、時間がとめどなく過ぎるだけだった。公園で遊ぶ子供たちの声がうらやましいほど無邪気に響く。

やがて亜由美のスマートフォンのアラームが鳴った。店の休憩時間がもうすぐ終わるため、戻らなければならないという。

残念だが、今日はここまでだった。

「あの、亜由美さん。この葉書、何日か借りても構わないですか？」

栗田は申し出た。

「いいですけど、どうして？」

「なんかこう、現物を見て実感したんです。内容が毎回、文人と和菓子の組み合わせなら、和菓子職人だけじゃ駄目だって。文学に詳しい人にも当たってみたい」

そうすればすべての問題が解けるだろうか？　答えがすべて出揃ったとき、差出人の意図がはっきりするのかもしれない。

「わかりました。そういうことでしたら」

届いたものはすべて持ってきていたようだ。亜由美はショルダーバッグに手を入れると葉書の束を取り出し、そっくりそのまま栗田に渡す。

「うお。これ全部？」

「……すごいでしょう？　圧力」

二十三枚もあると厚みもなかなかだ。軽く目を通すと葉書はどれも同じ体裁で、質問は文人と和菓子の組み合わせから成っている。そして難しい。

一歩進展した感はあるが、ことのほか重いものを引き受けてしまった。

「栗田さん、今日は相談に乗ってくださって、ありがとうございました」

亜由美がお礼を言い、梅津とともに丁寧に頭を下げた。

＊

雲に遮られた冬の太陽が、胡乱な光を地上に投げかけている。

バイクで帰るというので、梅津とは公園を出てすぐに別れた。自分も早く浅草に戻って、葉書の件を識者に当たろう——そう考えながら人形町駅へ向かっていた栗田はふと気づく。

曲がり角に建つビルの壁に片手をつき、誰かが背中を丸めている。

黒いコートを着た細身の人物で、見るからに具合が悪そうだ。

助けようとする人が周りに誰もおらず、栗田は声をかけてみる。

「あの、大丈夫ですか？」

するとその人物が、背中を刺されたような勢いで振り返った。

一瞬で伝わるなにかがあり、栗田の体に鳥肌が立つ。

普通じゃない。その青年は悪いものにでも取り憑かれたような異様な空気を発していた。その迫力に思わずたじろぐが、彼の姿には見覚えがある。

「ああ──栗田くんじゃないですか」

青年が若干ほっとしたように緊張感を緩ませて言った。

それは──上宮暁だった。

「失礼」

上宮はそう言うと、少し後ろめたそうに微笑みを浮かべる。

「新年早々、幸先がいいですね。あけましておめでとうございます、栗田くん」

「ああ……あけましておめでとう」

栗田は戸惑いつつも挨拶した。

──なんだ俺は。どうかしてるぞ。

一瞬、別人かと思った。葵や義和の件など元日から波乱続きで、らしくもなく神経質になっているのかもしれない。

また、いつもと少し違う上宮の様子も影響しているのだろう。

やけに青白く見える肌と、黒ずんだ両目の下。とてもじゃないが良好な体調には見えなかった。整った繊細な容貌だからこそ、変化の具合が目立つ。糸が切れるように突然意識を失ってしまいそうな危うい気配があった。

上宮暁は去年、奈良に旅行した際に知り合った謎の多い青年だ。かつて名を馳せた古き和菓子店、御菓子司夢殿の長男。物心つく頃から和菓子に親しみ、葵に匹敵する才人だと畏怖され、どちらが優れているのかと比較された時期もあったらしい。

ふたりは以前一度だけ、内密に腕比べを行ったことがあるようだが——。

両者とも詳しく語ろうとしないので、色々とわからないことが多い。

また、かつて上宮は〝聖徳の和菓子〟という品を作り上げた。驚異の逸品らしいが上宮はそれについても口をつぐみ、なにをどう訊いてもはぐらかす。

現在、彼は和菓子の道を離れて、大学で宗教学を学んでいるそうだ。転向の理由は葵も知らないのだという。

——まあいい。

栗田はかぶりを振って気持ちを切り替えた。

「上宮。お前、目の下の隈すごいぞ。大丈夫か？」

「ええ、少し前から時々頭痛が……。おかげで夜眠れなくて」

「どんだけ寝てないんだよ。呑気に外ぶらついてる場合じゃないだろ。早く帰って横になった方が——」

「眠りたくても眠れないから困っているわけで。あはー。昼間のうちに動いて疲れておかないと、本当にまったく睡魔が訪れないんです」

上宮はどこか痛々しい笑顔を浮かべた。不眠症——なのだろうか？

「病院には？」

「いえ、ご心配なく。慣れてますから。この症状は昔からで、残念ながらどんな名医にも治せません。とはいっても、寄せては返す波のように周期があります。だから今のところ安心、安心」

「よくわかんねえな。なんで安心なんだ？」

「ピークはまだ先なんです。今はめまいがして少し休んでいただけですから」

「……安心していいのかよ、それは」

いつも飄々とした、水際立った自由人という印象の上宮だが、意外とそうでもなかったようだ。人間やはり色々あるらしい。

話によれば、今日の上宮は水天宮の近くの興信所、STリサーチで、調査員の秦野勇作と打ち合わせを済ませた帰りなのだという。

「ん、秦野ってあの人か。去年、由加の人形焼騒動のときに力を貸してもらったな。今度はなに？　ペット探しでも頼んだのか？」

「ペットは飼ってないですよ。動物は好きなんですけどね」

「ふうん、ちなみに好きな動物は？」

「コノハズク」

「なんだっけ、それ」

「声の仏法僧」

「いきなりどうした？」

「一応そこは嗜んでる分野ですから。コノハズクの鳴き声はブッ、ポー、ソーなんです。まぁ、そう思って聞けばの話ですけど。ちなみにブッポウソウという鳥もいて、こちらの鳴き声はゲッゲゲッゲッ。昔の人は両者を混同していたそうですよ。今は声の仏法僧と、姿の仏法僧というふうに区別してます」

「ふうん、物知り博士じゃねえか。ついでにクイズを出してもいいか？」

「どうぞどうぞ」

上宮が楽しげに揉み手をしてみせるので、栗田は例の葉書の文面を思い起こす。

「じゃあ遠慮なく行くぞ。――有名な短編小説の題名にも取り入れられた、仏教の褒め言葉にまつわる和菓子はなーんだ？」

「ぜんざい」

上宮が言下に答えた。

「早っ」

「もともとぜんざいは仏教用語ですから」

上宮が涼しげに人差し指を立てる。

「サンスクリット語で『素晴らしい』を意味する言葉を漢訳したものが、善哉(ぜんざい)なんです。なぜそれが食べ物の名前になったのかというと、やはり素晴らしく美味しかったからでしょう。初めて食べた一休禅師(いっきゅうぜんじ)――一休さんで有名なあの方が、『善哉(よきかな)』と言って賞賛したのが由来になったのだとか。まあまあ、他にも出雲(いずも)地方の神事のお菓子の神在餅が、ぜんざいに変化したとか、諸説あるんですけどね」

「諸説に白黒つけるのは無粋ってやつか」

栗田の発言に、上宮は「世の中の大抵のことは、白黒つけても不幸な結果しか生みません」と優しい暴言を吐いて説明を続ける。

「さて、題名にぜんざいが入っている短編小説と言えば、やはり最初に思いつくのは織田作之助の『夫婦善哉』でしょう。このお話の終盤、主人公の夫婦が大阪の法善寺の境内にある『めおとぜんざい』という店で、ぜんざいを啜るんです。よきかな、夫婦善哉。ちなみに今でも大阪に行けば、ゆかりの品が食べられますよ」

「へえ」

栗田は感心した。「お前、文学にも詳しかったんだな」

「どうでしょう？　昔はそれほどでもなかったんですが、秦野さんと初めて会ったとき、小説の面白さを力説されまして。こう……ハードボイルドにね」

上宮がくすりと笑った。

よくわからないが、思い出があるらしい。

「おかげで興味が湧いて一時期、乱読しました。古典なら多少、嗜んでますよ」

「ふうん、そ。だったらもう一問。――平安時代のある文人が、金属のお椀に入れて食べたと著作に記した和菓子は？」

「平安時代なら候補がかなり絞られますね。金属のお椀に入れるのなら、削り氷でしょう。今でいう、かき氷ですね。清少納言が枕草子で取り上げています。あてなるもの――削り氷にあまづら入れて、新しき金鋺に入れたる」

「答えはかき氷か……。じゃあ第三問。著名な詩人が、ある和菓子の粉がこぼれるのを見て涙する内容の詩を書いた。この和菓子は？」

「ふーむ」

しばし上宮は考えた。

「そうですね。これは引っかけ問題だと見ました。大福や饅頭をはじめ、和菓子はそんなにぽろぽろこぼれないでしょう。普通の和菓子ではなく、洋菓子っぽい和菓子なんじゃないですか？」

「どういう意味だ？　洋菓子っぽい和菓子って——ああ！」

「ぱっと思いつくのは、もともと南蛮菓子で、日本で独自に発展したカステラ。じつは詩人の北原白秋が『桐の花とカステラ』というエッセイや『カステラ』という詩を書いてるんです。私見ですが、白秋は当時のカステラを粉っぽいものだと捉えていた節がありますね」

カステラの縁の澁さよな、褐色の澁さよな、粉のこぼれが眼について、ほろほろと泣かるる——と上宮は経文のように唱えた。

「と、そんな答えでいかがでしょう？」

「やるじゃん」

「あはー、いいリアクション」

ともあれ、答えはどれも正解なのだろう。やっぱりこいつは只者じゃねえ、と栗田は呆れ半分、感心した。じつは蘊蓄でも葵といい勝負をするのかもしれない。ふたりとも好き放題に喋りまくって、聞く側が先に限界を迎えそうな気もするが。

「でも、どういう風の吹き回しですか？　急に問題なんか出して」

上宮に尋ねられた栗田は少し迷った——が、この際だから率直に知見を借りることにした。浅草に戻っても、上宮より博識な者を探すのは骨が折れるだろう。

栗田は事情を説明すると、亜由美から借りた葉書の束を渡した。

「これがその実物ですか」

上宮が無言で葉書をためつすがめつ眺める。やがて感心したように吐息をつき、

「よくもまあ、こんなに沢山考えたものです。——枚数も多いので、答えだけ言っていきますね」

そう呟くと、葉書を一枚ずつ指でつまんで唱え出す。

「えー……紫式部、江戸川乱歩、正岡子規、恋川春町、吉田兼好、滝沢馬琴、夏目漱石、仮名垣魯文、山東京伝、芥川龍之介、泉鏡花、池波正太郎——」

栗田は唖然とした。上宮の言葉は般若心経でも読み上げるように淀みがない。たちまち彼はすべての葉書の問題を答え終わった。

「ふう」

「……お前、マジで物知り博士か？」

栗田はまばたきした。

「あはー、こういうのは単に知識の量ですから。知っていたからって和菓子職人として腕がいいなんてことは、まったくありません」

「それはまぁ、そうだが」

栗田は内心で舌を巻き、もったいないなと思う。これだけ幅広い見識があるのに和菓子の道から離れてしまうなんて、本当にもったいない。

「たぶん——この問題は解いても解かれなくても、どちらでもいい気がしますね」

ふいに上宮がそう口走って栗田の眉をひそめさせた。

「どういう意味だ？」

「なんと言えばいいのか——邪気がなさすぎると思うんです。ひとまずその亜由美さんという方に答えを伝えてみませんか？　反応を見れば、なにかわかるかも」

「今からか？」

「ええ。今日はもう予定もありませんし」

俺は行ってきたばかりなんだが、と渋ることもできたが、これを逃すと神出鬼没の上宮と行動する機会は当分なさそうだ。

「ほら、行きましょう、行きましょう、栗田くん！」

朝の散歩をせがむ仔犬のように促されて、栗田は仏頂面で黒髪を掻き回した。

＊

栗田は上宮を連れて再び例のたい焼き屋に赴くと、少しの間、亜由美に仕事を抜けてもらった。

「答えは全部わかってますからね。五分もあれば充分です」

上宮は亜由美の前で葉書の文面を読み上げ、先程と同じ答えを立て板に水のように次々と言っていく。確かにすべての問題に答え終わるまで五分程度だった。

そして――残念ながら、なんの変化も生じなかった。

「あの、それで……」

亜由美は当惑した顔で、「結局なにがどうなったんでしょう？」と口にする。

「あらー」

急に疲れが来たのか上宮がよろけた。栗田が素早く腕を捕まえる。

「大丈夫か？　なんか無理させちまって悪かったな。タクシー呼ぶか？」

「まだまだ、平気平気ですよ。それに僕が率先して来たわけですからね。しかし、ちょっと的を外したなぁ。やはり体調がまずいと勘も鈍りますね」

苦笑まじりにそう言うと、上宮は黒いコートを翻して自分の足で立つ。

　一方の亜由美は恐縮していた。

「すみません、せっかく来ていただいたのに」

申し訳なさそうに頭を下げ、それから若干ためらいがちに彼女は続ける。

「ただ、問題の答えを言われても、正直どう受け止めればいいのか――。その答えが正しいのか間違ってるのか、わたしには判断できないんです。和菓子のことも文学のことも中途半端にしか知りませんし」

「なるほど、そうですか」

上宮が言った。薄々わかってはいたが、確かにそうだろうなと栗田も思った。

反応を見た限りだと、亜由美は本当にちんぷんかんぷんな様子なのだ。

言い換えれば、この問題を作った本人ではない。マッチポンプではないということだ。おそらく上宮はそれを疑っていたのだと思う。

だったら、と栗田は考える。

先程の上宮の発言は別の意味を帯びてくる。——この問題は解いても解かれなくても、どちらでもいい。葉書はなにか異質な目的で送られているのだろう。

そのときだった。

「あ、犯人いました」

上宮が突然あっけらかんと言った。

栗田が上宮の視線の先を見ると、交差点の角の街灯の陰に怪しい者がいて、ぎょっとする。そいつは身を隠すようにしながら、こちらの様子をうかがっていた。

栗田を——というより、おそらく亜由美を見ている。

どこの何者だ？　黒いパーカと着古したカーゴパンツ姿。パーカのフードを深くかぶり、マスクも付けているから顔がよく見えない。

ちらりと振り返ると、亜由美は驚いて瞠目していた。どういう反応だろう？

「って、うだうだしてる場合じゃねえな。——おい！」

栗田がパーカの人物に向かって駆け出すと、相手も逃げ出した。

意外と速い。距離が離れていたこともあり、わずかに遅かった。栗田が交差点の角に辿り着いた頃には、パーカの人物は既に雑踏の中へ紛れ込んでいる。

「くそっ……」

一瞬出遅れたのが、あだになった。栗田は亜由美と上宮のもとへ戻り、「残念。逃げられた」と短く告げる。

「亜由美さん、今の男は？　露骨に怪しいやつでしたけど——たぶん初対面じゃないですよね？」

「あ、はい。今まで二回ほど見かけたことがあります」

「マジですか！　じゃあ今日で三度目なのか。前の二回はいつの話です？」

「去年の十一月と十二月……だったと思います。今みたいに遠くから店の様子を見てました。見てただけで、その後とくになにかあったわけじゃないんですけど」

「そうなんですか？」

栗田は違和感を覚えた。ではなにが目的だ？

「ほんとに見ていただけだったので。最初は店の繁盛ぶりを隠れてチェックしてるのかと思ったんですよね。グルメ本の調査みたいなバイトかなって。もしくはネットでそういうのを調べる新しい口コミサイトができたのかな、と。だからわたしが気づかなかっただけで、他にも来てた日はあったのかもしれないです」

「はあ」

不審者だが、害意は乏しい。だから深く気に留めなかったということか。

栗田は腕組みして――でも、今のあいつの逃走ぶりは普通じゃなかったよなと思い直す。やましい事情を抱えているからこそ即刻逃げたのだ。

素直に考えれば、それは亜由美に葉書を送っている張本人だからじゃないか？

「あのパーカ……」

ふいに亜由美の小さな呟きが栗田の耳に留まった。

「ん、パーカがなにか？」

「あ、いえ。気のせいかもしれないんですけど、微妙に見覚えがあるパーカなんですよね。偶然の一致なんでしょうけど」

なにか言いたいことがありそうだった。遠慮せずにどんなことでも打ち明けてほしいと栗田が告げると、亜由美は予想もしないことを口にする。

「あれって高校時代、山崎くんがよく制服に合わせて着てたパーカに似てます」

「山崎？」

誰だそりゃ、と栗田は一瞬、混乱した後に思い出す。

「ああ――高校時代、梅津と喧嘩しそうになったヤンキーか。亜由美さんが未然に止めたんですよね？　それをきっかけに梅津と付き合い始めたとか」

「はい」

「ちなみに身長とか体つきは？」

「山崎くんは小柄な方でしたし、今の人と似た感じだったかな……と」

だとすると、その山崎という男は昔の件を根に持っている。亜由美に対し、遠回りで奇矯な復讐(ふくしゅう)を企てているのだろうか？

——まさか。

栗田は苦笑した。さすがにそれは突拍子もなさすぎる。

「……事情がよくわかりませんが、今の人を捕まえてしまえば解決ですね」

頭痛がするのか、上宮がこめかみを指先で押さえて言った。

ともかく亜由美は勤務時間中で、上宮も体調がよくなさそうだ。長居はよそう。

「亜由美さん、もしもさっきのパーカのやつがまた現れたら、スマホでこっそり写真を撮っといてください。正体が誰なのか聞いて回るので」

「わかりました」

亜由美がうなずき、栗田たちはその場で解散した。

栗田が送ると言っても上宮は微笑んで固辞する。なにがしたいのか、駅とは反対の方向に向かい、正月の人混みの中へひとりで消えていった。

葵とばったり会ったのは、浅草に戻った栗田が一連の件を考えながらオレンジ通りを歩いていたときだった。

「――葵さん？」

まさかそこで出くわすとは思わず、栗田は言葉を失う。

葵も同様に虚をつかれたらしく「えっ？」と驚きの色を浮かべて硬直した。

栗丸堂の正面の前だった。

今日は週に一度の定休日だから、入口にはシャッターが下りている。

だが彼女はなぜか店の前で、庇の上に掲げられた栗丸堂の看板をじっと見ていたのだった。シックな灰色のケープコート姿で、艶やかな黒髪を淡い風にそよがせて。

「葵さん……ここだと寒いだろ。中に入って話さないか？」

栗田は慎重に尋ねる。こちらを見る葵の様子が、やはり普段と違っていたからだ。

ほっそりしつつも丸みを帯びた卵型のその顔に、いつもの柔和な微笑は浮かんでいない。眉根をわずかに寄せ、うさぎのように唇の両端を下げている。

しばらく待ったが、葵は言葉を返さなかった。

栗田は背中に汗をかく。

よくわからないが、これは相応の行為を済ませないうちは口をきかないという意思表示なのだろう。

自由闊達な印象が強いが、育ちが育ちだ。葵は上流階級の人。

元日の件で、それを痛いほど栗田は思い知った。本来の葵はじつは平安貴族の女性のように庶民と異なる一面も持っている――と今は〝仮定〟して思考を進める。

だとすれば、まずはこちらから意思を伝えないと、なにも始まらない。

「葵さん、何度も言うようだが――すまなかった」

栗田は正面から率直に謝った。

「俺の覚悟が足りてなかった。もっと普段から腹をくくってれば、あの場で親父さんに本気を見せられたはずだ。ガチで言い返すこともできた。そういう意味で不用意だったと思う。本当に悪かったよ。だから葵さん」

また、いつもみたいに向き合って話をしてくれ――。

栗田がそう願ったとき、言葉を止めるように葵がかぶりを振った。

形のいい艶やかな唇を開き、冬の冷たい空気の中に清冽な言葉を放つ。

「――一体なにが悪かったんですか？」

栗田の体は凍てついたように強張った。

「それは……」

衝撃で視界が波打ち、様々なことがわからなくなる。つまるところ自分が今謝った内容は的を外していると葵は言っているのだ。

なぜだ？

わからない。彼女が求めている謝罪の言葉は——。

なんなんだ？

「謝ることないと思います」

そう言うと、葵は眉間に薄く皺を寄せて黙った。

舞い降りた沈黙は恐ろしく長かった。清らかな苦しい静寂。ここには酸素が絶対的に足りていない。

だが葵のこの感情表現はなんなのだろう？　どうしても突破口が見出せなかった。

やがて溺れる者が水面から顔を出すように栗田は口を開く。

「葵さん……やっぱりそうなのか？　親父さんに言われて、誰かと見合いを——」

心の底では、どうしてもそれについて知りたかったのだった。

しかし状況は、その栗田の言葉で劇的に切り替わる。

葵の顔に一瞬、驚きの色が浮かび、直後に感情が波のように引いていった。瞳の光が弱くなり、夜が来たように暗くなる。

葵は左手を持ち上げると長い髪をそっと耳にかけた。そして、

「失礼します」

取りつくしまのない口調で告げて、踵を返す。やってしまったかと栗田は思った。

だが——なにをどう謝るのが正解だったのか、いくら考えてもわからない。

——葵さん……。

胸が痛い。心臓がひび割れて滅茶苦茶に砕け散ってしまいそうだ。

栗丸堂の前から足早に立ち去る彼女を、今の栗田はどうしても追うことができなかった。

＊

それから栗田は激しい混乱の中で日々を過ごした。いつもと同様に精密な仕事をこなしつつも、心は分裂したようにばらばらに動いていた。

元日のどんな出来事が葵を憤慨させたのか？　感情の機微がどうしても摑めない。

初めて知った——いつのまにか葵は自分にとって、これほどまでに、なくてはなら

ない存在になっていたのだ。いつも黙ってそばにいてくれるから、その幸福に気づけなかった。

混迷の挙げ句どうしようもなくなると、栗田は仕事の後、夜に花川戸のボクシングジムに行ってサンドバッグを叩いた。トレーナーが顔面蒼白になるくらい何度も。

そうやって闇雲に体を動かしていると、時折、頭が異様なほど冴える瞬間がある。

——怒りじゃない。不満でもない。葵さんは本当は、まったく別なことを伝えたいんじゃないか？

不可解な思考が唐突に脳裏を走り、幾度もなにかに手が届きそうになった。

——負の感情ではなく、それはきっと親しさ故に出てくる気持ちの裏返しで……。

だが、あと一歩のところで、閃きは指の隙間をすり抜けてしまう。

本当に、あともう少しで。

そんなふうに混沌とした口惜しい日々を栗田は送り続けた。

STリサーチの秦野勇作から電話がかかってきたのは、人形町で上宮と会ってから三日後のことだった。

「久しぶりだな、あんちゃん。突然で悪いが、時間を作れないか？　じつは折り入って話がある。できれば今日がいいんだが」

「今日って、またずいぶん突然ですね」

栗丸堂の作業場で栗田は面食らった。「もうすぐ閉店の時間だし、構わないっちゃ構わないですけど。用件はなんですか？」

「お前さんにとっては朗報だよ。棚からぼた餅。虎穴に入らずんば、ずんだ餅」

――なに言ってんだこのおっさんは……。

栗田はつい半眼になったが、気づく由もなく、秦野は待ち合わせの時間と住所を伝えてくる。なんとなく取り込み中の気配を感じた。

「じゃあまた後で、人形町でな」

「あ、ちょっと」

秦野からの電話は唐突に切れた。


約束の時間の少し前に、指定された人形町の喫茶店に行くと、秦野がテーブルから栗田を見つけ、軽く手を振って合図した。

「悪いな。忙しかっただろうに」

「浅草からは近いんで、構わないっすよ。それよりその目、どうしたんですか？」

栗田が訊いたのは、いつもの洒落た帽子とスーツ姿の秦野が、左目に白い眼帯をしていたからだ。

「ちょっとな。名誉の負傷ってやつ？」

秦野が苦い表情で言葉を濁す。ものもらいかな、と栗田は考えた。

「ま、もうじき上宮も来るから、そのときにまとめて話そう。なんか食べて待ってくれ。渋い大人の男が食べる甘いお菓子。それが——ハードボイルドってやつさ」

「俺はコーヒーだけでいいです」

栗田は言下に答えた。

「……意外と容赦ないね、キミ」

「上宮も来るんですか？」

「ああ。もともと、やつに頼まれたことだからな、この件は」

そう言って秦野はちらりと隣に目をやる。じつは栗田も気になっていた。

喫茶店のテーブルには、栗田と秦野の他にもうひとり、髪の短い女性が座っているのだった。見た感じ十代後半くらいの、少し頑（かたく）なな感じの人だ。シンプルなグレーのトレーナーと濃紺のデニムを身につけている。

「その人は？」

栗田が尋ねると、意外な言葉が秦野から返ってくる。

「不審人物。こないだたい焼き屋の前で、あんちゃんが取り逃がした相手さ」

「え！　あの、黒いパーカの？」

栗田は驚いた。元不良少年の山崎——ではない、どう見ても。

そうか、男じゃなかったのかと栗田は思う。物陰から亜由美を見ていたから——そして逃げ足も速かったから、男だと思い込んでしまっていた。

「ま、今日はパーカは着てないが。さすがにあんちゃんに追いかけられたときと同じ服をまた着てくる度胸はなかったんだろ。捕まえるまでは、帽子とマスクをしてたけどな」

「捕まえた？　秦野さんが？」

「ああ。俺は上宮の依頼で、たい焼き屋の周りをそれとなく見張ってたんだ。意外と早く現れてくれて、ほっとしたよ。ちなみに、もう裏も取れてる。いつも隠れて店を覗き見してたのは、自分だって白状したから間違いねえ」

秦野の言葉に、髪の短い女性が「仕方ない。怪我させちゃったんだし」と呟いた。

辻冬子——。

秦野の話では、それが彼女の本名らしい。

今日の夕方、彼女が物陰から店の様子をうかがっているのを見かけた秦野は、さりげなく近づいて声をかけた。すると突然逃げ出したから後を追った。追走劇をしばし繰り広げ、追いつく寸前、冬子が秦野を追い払おうと手を振り回す。

それが不運にも秦野の目に当たったということだ。

秦野があまりにも痛そうだったため、冬子は逃亡を諦め、心配して病院に付き添ったのだという。診断の結果、角膜に異常はなく、大事には至らなかったらしい。

結果的に、現状の曖昧な膠着(こうちゃく)関係が構築されたのだそうだ。

「ふうん、そんなことが……。でもあんた、なんでわざわざ隠れてたい焼き屋を見てたんだ？」

栗田が訊くと、冬子は「別にいいでしょ。あたしの勝手だもん」と唇を尖らせる。

「尋ねるのも俺の勝手だけど」

「答えないのも、あたしの勝手って——ああもう、勝手勝手うるさいなぁ」

「お前が言ってるんだろ？」

栗田が若干呆れていると、秦野が両手をぽふっと打ち合わせる。

「おいおい喧嘩はよせよ。空腹だと腹も立ちやすい。特製のナポリタンでも食ったらどうだ？　ここのはケチャップたっぷりで旨いんだ」

「別に喧嘩はしてないし、腹も立ってないっす」

だが多少いらっとはしているのかもしれない。自分の精神状態を鑑みて、栗田はいったん引き下がると、コーヒーを飲みながら上宮の到着を待つことにする。

この店のコーヒーは、可もなく不可もないという意味で完璧な味だ。無言で味わっていると、ふいに秦野が「ところで」と口を開く。

「例の勝ち抜き戦には、あんちゃんも一緒に出るのか？　あの葵のお嬢ちゃんと」

「勝ち抜き戦？」

栗田はまばたきした。「なんの話ですか」

「あれ、なにも聞いてないのか？　そんなはずねえ。葵のお嬢ちゃんの家にはとっくに連絡が行ってるはずだ。あのもんじゃ焼きの店で小耳に挟んだからな」

「もんじゃ焼き？　悪いけど秦野さん、なに言ってるのか、さっぱりなんですけど」

「むう」

秦野がパーマのかかった髪に指をくるくると絡めて、「これはちょっと時期尚早だったかな」と独語した。

「や、ひとりで納得しないでくださいよ！　思わせぶりにも程がある」

「確かにそうだな」

秦野が口角を上げて続けた。

「正式発表はまだ先だそうだから、ここだけの話として聞いてくれ。今、ある男が、大規模な和菓子のイベントを企画してる。日本中の優秀な和菓子職人を集めて頂点を決めるんだそうだ。全国和菓子職人勝ち抜き戦——プロアマ問わず参加できる未曾有の祭典だ。優勝者は莫大な賞金をもらえるらしい」

「和菓子で、勝ち抜き戦？」

栗田は驚愕した。「マジか。誰がそんなとんでもないこと——」

「SNSでも活躍してる、やり手経営者さ。ただし金持ちの道楽じゃなく、日本文化を盛り上げるって大義名分がある。もともと主催者は関西出身で、今はそっちの手練れに声をかけまくってるみたいだな。優勝したら関西の和菓子職人が日本一ってことになるから、当然といえば当然かもだが」

「関西の……」

「でだ。エントリーはふたり一組で行うルールらしい。ひとりで和菓子を作るのは大変だろうし、やっぱ助手の一人くらいは必要だろ。で、俺は葵のお嬢ちゃんとあんちゃんが一緒に出場するんじゃないかと考えたわけだが」

違ったんだな、と秦野は首をすくめた。

——そうか。俺の知らないところで、そんなことが。

栗田の腹筋に力が入る。自分の店には現状、なんの情報も来ていない。

ある意味では言わずもがなだろう。いくら老舗とはいえ、個人経営の和菓子屋だ。主催者から見れば、吹けば飛ぶような代物に見えるのかもしれない。

だが——プロアマ問わずに参加できる、勝ち抜き戦。

——だったら俺も出られるわけだ。

体の芯に、すっと情念の火が灯るのを感じる。

どういうわけだろうか。栗田は心が沸き立つのを抑えられなかった。和菓子職人の意地が刺激されているのか？　こんな気持ちになったのは十代の頃以来だ。

そして、ふと気にかかる。

「関西出身者を優遇して、プロアマ問わないなら、やっぱ上宮も出るんですか？」

栗田が尋ねると、意外にも秦野は顎をさすって考え込んだ。

「さあ。そこのところは俺にもわからねえ」

「なぜです？　上宮が和菓子職人を引退していて、もう一切の興味がないから？」

この際だ。栗田は少し踏み込んで訊いてみる。

「前から気になってたんですけど——なんか納得できないんですよね。あいつの和菓子の知識と見識、もったいないですよ。昔は神童とか呼ばれてたんでしょ？　なんで和菓子職人を辞めちまったんですか？」

するとにぎやかな店内の栗田たちのテーブルに、ふっと沈黙が生じた。

話の流れについていけずに冬子は目をぱちぱちしている。

「俺としては……無理してほしくねえ。出たくない者を出すべきじゃないだろ」

秦野がそんな言葉を洩らすので、栗田は戸惑う。

「どういうことですか？」

「今のあいつは本来のあいつじゃない。無理すれば惨たらしいことが起きる。普段は穏やかでも、あいつには悪魔みたいな一面もあるからな。そうなったら、俺は止める自信がねえ。情けない話だけどな」

「秦野さん？」

栗田には意味がよくわからなかった。なんのことを言ってるんだ？

「出会った頃からだ。本当は、俺はあいつをなんとかしてやりたかった。でも未だになにも状況は変わってねえ。もう他人事じゃねえんだよ」

栗田は急にわからなくなる。否、じつは知らなかったことを実感する。上宮と秦野はいかなる経緯で出会った、どんな関係のふたりなのだろう？

栗田の疑問を察したのか、秦野が咳払いして続ける。

「わかりやすく言うと――あいつは心の病気みたいなものなんだよ。治せない」

栗田は驚く。そうだったのか？　だったら確かに軽い気持ちでは介入できない。

しかし、それでもやっぱり――もったいないと感じてしまうのは、罪なことなのだろうか。

栗田の視線をいなすように秦野が肩をすくめた。

「ただ、主催者は上宮に出場させる気満々だ。あの男に話を持ちかけられたら、上宮の性格上、参加する気もする。いずれにしても決めるのは本人だ。やる気があるなら俺は全力であいつをサポートするよ」

「それは秦野さんが助っ人として出場するってことですか？」

「まさか。俺はあくまでも裏方。上宮が万全の状態で、聖徳の和菓子を作れるように動く。今、京都のどこかにあるはずの石子の骰子を取り戻して、上宮に返すんだ。そして思い切り実力を振るってもらう。俺自身、けりをつけたいやつもいるしな」

今の俺はあのときとは違う、と呟いて秦野は虚空を睨む。

そんな秦野の姿を見るのは珍しく、栗田は思わずまじまじと眺めた。

どうやら秦野と上宮は、こちらが思っている以上にややこしい厄介事に悩まされ、長年解決に取り組んできたらしい。

そして、その核心にあるのは――おそらく例の、聖徳の和菓子なのだろう。具体的にはどんな品なんだ？　それと関係があるらしい石子の骰子とは？

疑問を質そうとしたとき、栗田の背後から声がした。

「お待たせしましたー、紅茶です」

「うお？」

いつのまにか上宮がトレイに自分用の紅茶のカップを載せて、後ろにいた。

「いいときに来るじゃねえか。……体調は平気なのか？」

栗田が尋ねたのは、先日会ったときよりも、また一段と上宮の顔色が優れなかったからだ。目の隈はひどく、頰も瘦けている。

今にも倒れてしまいそうに見えるが、案に相違して、口調は陽気で軽快だった。

「あはー、大丈夫ですよ。本当に余裕がなくなったら、一度、奈良に戻りますから。ともあれ秦野さん。今日は捕り物、お疲れ様でした」

「ったく人使いが荒いんだよ、お前は。俺に感謝しろぉ？」

秦野がそう言ってコーヒーを啜り、上宮が悪戯っぽく目を細める。

「感謝してますよ。だから調査にしょっちゅう協力してるじゃないですか。秦野さんは社内一の腕利きなんでしょう？」

「……細かいことはいいんだよ」

秦野が大雑把な発言で誤魔化した。

上宮がテーブルにつき、紅茶を一口飲んでから冬子に顔を向ける。

「さて、全員揃ったことですし、本題に入りますか。――辻冬子さんでしたよね。どうしてあなたは隠れてあの店の様子をうかがってたんですか？」

「しかも何度もな」

栗田がそう付け加え、上宮と秦野を含めた三人分の視線が、冬子に向かう。

この状態で渋っても仕方ないと判断したのか、冬子は大仰に息を吐き、

「たい焼きを買いたかった」

飾り気のない口調でそう答えた。

「は？　冗談言うところじゃねえぞ。買いたいなら、普通に買いに行けばいいだろ」

栗田がたしなめると、「それができれば苦労しないよ」と答えて冬子は続ける。

「あの店のたい焼きは美味しい。一週間に一度は食べたくなる。でも、顔を合わせたくない店員がいるんだよ。だから遠くから様子を観察した後で店に行く。その人がいるときは、訪れずに引き返すんだ」

冬子の釈明に、栗田は少し面食らって口を開く。

「じゃあ、その会いたくない店員が亜由美さん——石野亜由美なのか？」

「ご名答。あたしたちは幼馴染だからね」

胸を張って冬子が答え、栗田はさらに困惑する。

「幼馴染って……。ますます意味がわかんねえ。だったらなんで会いたくねえんだよ。喧嘩でもしたのか？　って、ああ！　もしかして妙な葉書を送りつけてたのはその仕返しか？」

「なんの話？」

冬子は狐につままれたような顔をした。「妙な葉書って？」

「今更とぼけるのかよ」

「とぼけてない。ほんとに意味がわからないんだ」

栗田の見通しとは裏腹に、葉書の件はなにも知らないと冬子は強硬に主張した。純粋にたい焼きを幼馴染以外の店員から買うために、あんな行為をしていたらしい。

「なんなんだこの展開？　事態が余計にややこしく混乱しちまったじゃねえか」

栗田が黒髪をくしゃくしゃ掻き回していると、上宮がひとつ息を吐いて、

「まあまあ、ともかく経緯はわかりました。冬子さん——あなたは結局のところ、た

い焼きが食べたかっただけなんですね？」と訊いた。

「そうだよ」

「ふーむ。だったら、それを裏付ける説明が必要です。どうして幼馴染の石野亜由美さんと顔を合わせたくないのか、そもそもの関係性から教えてください」

「いや、それは、その」

「うおお、目がいてえ！」

ふいに秦野がわざとらしく眼帯を押さえた。冬子が苦い顔をする。

「……やれやれ。まあ、この状況じゃ仕方ないね」

降参というふうに溜息をつくと、冬子は亜由美との関係を淡々と語り出した。

＊

あたしの出身地は浅草なんだ。もちろん亜由美もね——。

辻冬子はそう口火を切った。

ふたりが生まれたのは浅草の松が谷——かっぱ橋道具街の近くだ。家はほんの目と鼻の先で、二軒隣。だから幼少期はよく一緒に遊んだ。傍目には幼馴染というより、仲のいい姉妹に見えたかもしれない。

冬子の両親は共働きで、どちらもごく普通の会社員だった。大人にとっては立派な職業でも、子供にとっては面白そうな仕事ではない。

そのため冬子は小学校が終わると、毎日のように亜由美のところへ遊びに行った。

亜由美の家が和菓子屋だったからだ。

なんでも亜由美の祖父の代から営業している店で、さっぱりした味のどら焼きが、近隣の住民たちに愛されていた。冬子も親にもらった小遣いで、和菓子職人の亜由美の父から直接、どら焼きを買うのが楽しみだった。

「おじさーん、どら焼きくださーい！」

学校帰り、ランドセルを背負った冬子が店に駆け込むと、亜由美の父が暖簾をくぐってひょいと顔を出す。

「おお、冬子ちゃん。よく来たねぇ」

「おじさん、こんにちは！　どら焼きあるっ？」

「あはは、あるとも。沢山あるよ。冬子ちゃんはほんとに、どら焼きが好きだねぇ」

「うん！　大好き！」冬子の頬が向日葵(ひまわり)のように綻ぶ。

「そっか。じゃあ、特別に作りたてを持ってこよう」

「わーい！」

冬子はイートインのいつもの場所に座り、渡された大きなどら焼きにかぶりつく。

はふっ――。

至福のときだ。噛むたびに口の中で生地の食感がふわふわと踊る。中のしっとりした濃厚なつぶ餡が、舌の上で甘くとろける。

はふっ、ほふっ――。もうたまらない。

「おーいしー！」

「ああ――嬉しいねぇ。冬子ちゃんはいい子だねぇ」

そんな話をしているうちに、やがて違うクラスの亜由美が小学校から帰ってくるのだった。

「あっ、冬子ちゃん、どら焼き食べてる！　お父さん、わたしもー」

「はいはい。ちょっと待ってな」

そう言って亜由美の父はにこにこしながら、もう一個どら焼きを出してくる。

優しい優しい亜由美のお父さん。

大好きだった。

いつも無邪気でいられた幸せな日々――。

でも、なぜだろう。夢のような時間は、あっという間に過ぎてしまう。

小学校を卒業し、中学校を出て、冬子と亜由美は同じ高校に進学した。家から近かったし、なにより亜由美の母が教師として勤務していたからだ。

亜由美の母は高校の国語教員の免許を持っていた。この仕事が好きなことと、経済的なリスクを分散する意味もあって、和菓子屋ではなく高校で働いていたのだが、そんな考えを吹き飛ばす不運が突然、襲ってくる。

冬子と亜由美が二年生のときだ。

亜由美の母が、夕食の支度中に前触れもなく、急性心筋梗塞で帰らぬ人となった。

冬子は初めて通夜と告別式に出た。

その後の亜由美は、父とふたりで暮らすことになった。

あまりにも唐突な喪失から立ち直れず、亜由美と父の親子関係はひどく拗れたらしい。事あるごとに衝突して不仲になり、円満だった家庭は完全に崩壊したそうだ。

弱り目に祟り目で、折しも亜由美の父の和菓子屋の売上が急降下していく。

近くに和洋折衷の新しい菓子店ができたからだ。客離れをどうしても堰き止められない。資金繰りにも失敗する。

亜由美の父の和菓子屋は、悪夢のように呆気なく潰れてしまった。

多額の負債を背負った亜由美の父は、返済のために過酷なトラック運転手の仕事を始める。亜由美は高校卒業後、働いて家計を支えることに決めた。

昔から住んでいた店舗兼住居を失った亜由美とその父は、現在、上野のアパートで暮らしているという。

引っ越し先は、ほぼ誰にも教えていないらしい。

今となっては、ふたりきりの家族だ。亜由美の父は娘との関係を修復したいが、お互いに仕事ですれ違うことが多く、共通の話題にも乏しいのが現状。それでも父は未来に光があることを信じて、必死にあがいている。

そして現在、そんな苦境にある幼馴染に、冬子は会いに行くことができなかった。

無理なのだ。

それは今の冬子の生活が順風満帆だから——。

冬子の両親は、ごく普通の会社員。幼い頃は面白みのない職業だと思っていたが、それ故に大きなトラブルもなく、志望した大学に行かせてもらった。

亜由美も行きたがっていた大学だ。何事もなければ一緒に通うはずだった。

だからこそ、合わせる顔がない。

亜由美はなにひとつ悪いことをしていないのに。

自分は、これといった努力もせず、代償も支払っていないのに。

しかも、なんと自分には恋人もできてしまったのだ。もともとは予備校で知り合った同じ高校の男子で、大学で再会して自然に付き合うことになった。

前途洋々の幸福な大学生活を送りながら、冬子はいつも考えてしまう。

――どうして自分だけがこんなに恵まれている？

――どうして世の中はこんなに理不尽なんだ？

答えを見つけられないまま、冬子と亜由美はいつしか疎遠になった。

それはある意味、仕方ないことなのかもしれない。今や住む場所も離れ、進路も別々で、会う機会がないのだから。

一度、冬子は思い立って電話で亜由美に連絡を取ったことがある。しかし――。

「わたしのことは気にしないで、冬子ちゃんは大学生活を楽しんでね」

そんなふうに明るく返されて自らの無邪気さを痛感した。

思わず涙がこぼれた。

冬子は想像する。

きっと今の亜由美は、幼馴染の重荷になりたくないという気持ちと、ただそっとしておいてほしいという感情が混ざり合っているのだろう。

人は言う。「他人と自分を比べないようにしよう」

でもそれは言葉の上では簡単でも、実行するのは難しい。人は物事を分別し、比較することで、判断を行う生き物だからだ。

相手にそれを強いるのは傲慢じゃないか？

だからこそ冬子は、大切な幼馴染に会うことを自らに禁じなければならなかった。

決して会いに行ったりしない。でも心配だから、ただ物陰に隠れて、ひそかに見つめている——。

＊

「そっか……。よくわかった」

冬子の話を聞き終わった栗田は呟いた。

亜由美がそんな事情を背負っていたとは知らなかった。亜由美からすれば率先して話したいことではないだろうし、この状況でなければ聞けなかっただろう。

「つまるところ、たい焼きがどうこうってのは言い訳で、あんたは幼馴染が心配でたまらなかったわけだ。ずいぶんと気を遣って——泣かせるじゃねえか」

「ち、違うよ！　あたしはただ、たい焼きを」

両手を素早く振る冬子の弁明を「や、もういいから」と栗田は受け流し、気になった部分を思い出す。

「それはそうと冬子さん。あんた、大学で彼氏できたって言ってたけど、同じ高校の出身だったんだろ？　もしかして山崎ってやつ？」

「……超能力者なの？」

冬子は驚愕で目を見張った。

「や、ちょっと話聞いてたからな」

あの黒いパーカは彼からもらったのか、と栗田は得心した。

すると、なにを誤解したのか冬子が短く鼻を鳴らして、

「ご存知の通り、山崎くんは……元ヤンだよ？」

少し挑戦的にそう言った。

「だから？　あんたと同じ高校に通う学力はあるんだろ？　予備校にも行ってたらしいし、大学デビューなんて別に難しくねえよ。人はいつからだって変われるんだ」

栗田の言葉に冬子はまばたきした。

その後、表情がふっと柔らかくなる。

「ん……。そうだよね。山崎くんは本当はいいやつなんだ。高校時代は進路のことで親と揉めてて、荒れてたらしいけど。甘やかされて育ったとかレッテル貼られちゃって、なにかにつけて問題児扱い。それこそが不幸の温床だったとあたしは思ってる」

「ふうん」

栗田は耳を掻いた。「いいんじゃねえの？　今から幸福、満喫すれば。誰も文句なんか言わねえよ。もうガキじゃねえんだ。自分の頭で考えて、好きにしろよ」

「それは――うん。まあ、その通りだね！」

冬子は赤面して、はにかむように笑った。

そう、亜由美をこれだけ思いやる優しさがある子なのだ。やっぱり根は素直でいいやつだったな、と栗田は思う。

しかし――。

すっかり一件落着した雰囲気だが、じつは騒動はまだ解決していない。

「なあ、亜由美さんに謎の葉書を出してるのは、誰だと思う？」

栗田が駄目元で冬子に尋ねると、「だから知らないよ。謎の葉書ってなに？」と眉をひそめられる始末。

それはまあそうだろう。これだけ幼馴染思いなのだ。冬子には動機がない。本気で心配する相手に、わざわざ嫌がらせをする意味がなかった。

となると疑う相手は、もう冬子の恋人の山崎くらいしか残っていない。

――山崎は、冬子と亜由美を仲直りさせたいんじゃないか？　だから葉書の嫌がらせで亜由美を不安にさせて、幼馴染に助けを求めるように仕向けたいのでは？

栗田が考え込んでいると、上宮が突然「ドゥッカ。仏教で『苦』のことです」と素っ頓狂なことを口走る。

「は？　どうしたよ急に」

「四苦八苦という言葉がありますが、苦は人が人であるが故に、つねに自らが作り出すものなんですよ。だからこそ放っておくと延々と続く。解き放つには和菓子を食べるしかありません。そうでしょう、栗田くん？」

上宮が栗田に涼やかに顔を向けた。

「迫るな。俺に同意を迫るな……。いつもそうだけど、会話の流れが意味不明なんだよ、お前は。今度はなにするつもりだ？」

すると上宮はティースプーンをつまみ、笏のように縦に構えて微笑んだ。

「和をもって尊しとなす――ということです」

沈黙が漂った。それがどういうことなのか、残念ながら誰にもわからなかった。

＊

その日の夜、久しぶりに訪れた浅草の雷門通りのアーケードの下を亜由美の父親、石野健太郎は歩いていた。

トラックを長時間運転する日々には未だに慣れない。石野を雇ってくれた会社は、残業も休日出勤も多くて過酷だ。

だが、それだけに手取りも悪くないから、今はやるしかなかった。

久しぶりの休日——つまり今日、泥のように夕方まで眠りこけていた石野が目覚めると、娘の亜由美がテーブルに書き置きを残していた。夜八時に浅草の栗丸堂という和菓子屋に来るようにと書かれていて、だからこうして出向いたのである。

妻を亡くして以来、娘の亜由美とは不仲の極みだった。どちらが悪いわけでもないのに気づけばお互いをそれとなく非難し、自責の念で自分も苦しんでいる。

そんな状況だったから、亜由美の誘いは期待と不安が半々だったのだが——。

「ここか」

やがて辿り着いた栗丸堂の扉を思い切って石野は開けた。

すると驚いたことに店内のイートインに辻冬子がいる。昔からよく知っている亜由美の幼馴染だ。

偶然？　まさか――。店の入口で戸惑っていると、

「あ、おじさん！　こっちこっち」

冬子がそう言って手招きするので、石野は同じテーブルについた。

「冬子ちゃん、どうしてここに？　私は亜由美に呼ばれて来たんだけど」

「知ってる。すぐにわかるよ。ほら」

冬子が示す方向に顔を向けると、暖簾を掻き分けて作業場から出てくる白衣姿の亜由美と、ふたりの青年の姿があった。

ひとりは亜由美と同じように白衣を着た精悍な和菓子職人――栗田仁。

もうひとりは黒いコートを着た、どこか怖い雰囲気の若者――上宮暁というのだと冬子が教えてくれた。

栗田と上宮に付き添われて亜由美が少し強張った顔でテーブルに近づいてくると、盆に載せてきた菓子皿を、石野の前にそっと置く。

皿の上の珍しい和菓子を見て、石野は驚いた。

「これは珍しい――。花びら餅じゃないか！」

正式には菱葩餅。ピンク色の菱餅と、白味噌の餡と、甘く煮たごぼうを丸く平たい求肥で挟み、半月の形に折ったものだ。

もともとは正月行事のための菓子だから、石野の昔の店では扱っていなかった。

「そうなんだってね。今まで知らなかったけど、わたしが一応作ったんだよ。栗田さんに手伝ってもらって」

伏し目がちの亜由美にそう言われた石野は驚きつつも、ますます状況が摑めない。

「そうか。手間がかかる品なのに、悪いなぁ……。でも、どういうわけなんだ？」

「じつはわたしにもよくわからないの。栗田さんと上宮さんと冬子ちゃんから連絡があって、ここに来たら唐突に作り方を教わることになったんだよ。食べさせれば、謎がすべて解けるって話だったから」

「謎が解ける？」

石野は奇異に思った。「亜由美、なにか困ってることでもあるのか？」

「ん。まぁ困り事というか、悩み事だね。去年の十一月から職場に変な手紙が届くようになったんだ。それも一枚や二枚じゃなくて、全部で二十三枚も。気持ち悪くて不安でさ。葉書の内容はこんな感じ」

亜由美が白衣のポケットから葉書を一枚取り出して、テーブルに置く。

【問題】

文豪、森鷗外がご飯にのせて、お茶をかけてよく食べた和菓子は？

「なんだい、こりゃあ？」

面食らった石野はその文面をしばし黙読していたが、まもなく「ああ、森鷗外って
いうとあれか。饅頭茶漬けのことか」と呟く。

「正解」

亜由美がうなずいた。「葉書はみんなこんな感じの謎かけで、文人と和菓子を絡め
た内容ばかりなの。やっぱりお父さんには答えがわかったね」

「そりゃまあ、これくらいはなぁ。だって私は――」

次の瞬間、石野ははっと息を呑む。ここで今からなにが行われるのか、理解できた
気がしたからだ。

「そういうことです」

ふいに若干怖い感じのする白皙(はくせき)の青年、上宮が口を開いた。

「葉書の問題は、亜由美さんのお父さんにはわかるものばかりなんですよ。なぜなら

元和菓子職人で、奥さんには文学や文人に関する知識があったから。でしょう？」

「ああ、そうだね」

石野はうなずく。

妻は国語の教員免許を持っていて、都内の高校に勤務していた。娘の亜由美と幼馴染の冬子が、それを目当てに同じ高校に進学を決めるほどの人気教師でもあった。

もちろん夫である自分も、妻から文学や文人の蘊蓄を何度も聞かせてもらった。出会ってから死に別れるまでの間、教わった雑学は数え切れない。

だから、この饅頭茶漬け程度の問題なら、きっといくらでも解ける。

「葉書の差出人の目的はまさにそれ。――亜由美さんのお父さんに問題を解いてほしかったんです。娘なら真っ先に父親に相談すると考えたんでしょうね」

上宮が言った直後、「ったく……やっとわかった。そういうことだったのか」と栗田が仏頂面で口にする。

「葉書を送る相手は亜由美さん。問題を解けるのはお父さん。不仲の親子が話すきっかけを作りたかったわけだ。で、おそらくは内容の文人ネタからの連想で、亡くなったお母さんに思いを馳せることもさせたい。一緒に悼むことで、父と娘を仲直りさせたかった――と、そういう動機か」

栗田がテーブルの冬子に視線を向けて続けた。

「こないだはうまく誤魔化してたけど、やっぱお前だったんだな？」

「……なにか証拠でもあるの？」

冬子が気まずそうに俯いて呟いた。

「もういいんですよ、冬子さん。無理をして自らに苦を与えることはないんです」

上宮が超然と微笑んで語り続ける。

「言葉は心を裏切りますが、心は言葉を裏切れません。あなたは自分の仕業であることを我々に打ち明けたくて、暗にメッセージを発していたんですから」

「なに？　どういうこと？」

訝しげに口走る冬子に、上宮がいたわるような視線を投げかけた。

「だって冬子さん。先日、亜由美さんたちのことを色々教えてくれましたよね。確かこんなだったかな——」

——今となっては、ふたりきりの家族だ。亜由美の父は娘との関係を修復したいが、お互いに仕事ですれ違うことが多く、共通の話題にも乏しいのが現状。それでも父は未来に光があることを信じて、必死にあがいている。

「ん、それが？」

冬子の硬い反応を優しく包み込むように、上宮が片手を広げる。

「冬子さんは亜由美さんを気づかって会いに行かないようにしていた。物陰に隠れて見るだけにとどめて。――でも、亜由美さんのお父さんの状況と心理を、よくご存知じゃないですか。お互いに仕事ですれ違うことが多いのなら、高校時代じゃなくて現在の話ですよね？　誰からどうやって知ったのでしょう？」

「うっ」

「冬子さんと、亜由美さんのお父さんの間にはごく最近、接触があった。直接話をしたんでしょう？　いつ会ったんですか、お父さん？」

「ああ、去年の秋だよ」

話を振られた石野がそう答えた瞬間、やられた、と言わんばかりに顔をしかめる冬子の姿が目に入った。

しまったと思ったが、もう遅い。私を店に呼んだのは、こうやって自然な流れで証言を引き出すためでもあったんだな、と石野は今更ながらに気づく。

「つまるところ、ふたりが会ったそのときに今回の騒動の種が生まれたんです」

上宮が静かに口にした。

「……ふう。この場でおじさんにまで証言されちゃったら、もう言い逃れは無理か」

あーあ、と言いたげに冬子が溜息をついた。

「なんかお節介焼きみたいで恥ずかしいから、できれば隠しておきたかったの。でも、うん……そのとおり。亜由美に謎かけの葉書を出してたのは、あたしだよ」

肩の荷を下ろしたように冬子がそう認めた。

大きく目を見張る亜由美を一瞥して、冬子が続ける。

「あれは去年の十月末のことだよ。大学の飲み会の帰り道で偶然、亜由美のお父さんに会ったんだ。だよね、おじさん？」

話を振られた石野は少し照れ臭い気分で「そうだったね」と答えて思い出す。


あの日は本当に大変な一日だった。

娘との不和によるストレスと、蓄積した疲労の相乗効果で運転をミスして、会社のトラックに派手な傷をつけてしまった。自分より若い上司に散々叱責された夜の帰り道、半泣きで歩いていると冬子にばったり会ったのだった。

逃げ出そうかとも思ったが——その夜はどうしても誰かに愚痴を聞いてほしくて、赤提灯の焼き鳥屋に付き合ってもらった。

「もうわからないんだよ、冬子ちゃん……。自分が、なんのために生きてるのか」

「おじさん――」

「死んだ妻と、亜由美のために頑張ってるつもりだった。でも……駄目なんだ。亜由美とはずっと最悪の関係で、最近じゃ、まともな会話にならない」

石野は抱えている悩みを洗いざらい冬子に打ち明けた。

冬子は石野の話に耳を傾けながら、「大丈夫、大丈夫だよ。亜由美なら、きっとそのうちわかってくれる」と根気強く励まし続けてくれたのだった。


回想から我に返った石野が、あの日の出来事をかいつまんで皆に説明すると、
得心したように栗田が呟いた。「その日が冬子さんの決意のきっかけ。だから去年の秋から事件が始まったわけだ」

「――だからか」

ん、と少し考えて栗田は続ける。

「物陰から亜由美さんの様子を見てたのは、葉書を送り始めた手前、心配にもなったんだろうな。果たして思惑どおりに物事が運ぶのか。亜由美さんがどんな状況になってるか気になって仕方なくなった、と」

隣の上宮がうなずく。

「付け加えるなら、亜由美さんの職場に葉書を送ったのは、上野のアパートを宛先にすると、ばれる確率が高まると考えたからでしょう。『引っ越し先は、ほぼ誰にも教えていない』と前に冬子さん自身が言ってましたからね。候補者が非常に絞られる」

「そこもお見通し？」

冬子が若干たじろいだ。「なんなの？　今時の和菓子屋さんって、とんでもない人ばかりなのね」

「伊達に甘いものばかり作ってるわけじゃねえんだよ」

栗田が半ば自棄気味に返した。

「はは、ほんとに降参。まいりました――」

冬子が無防備に両手を上げて笑う。

今や、謎はほぼすべて解けたのだろう。皆の表情から石野はそう判断する。

だったらあとひとつだけ、まだ説明されていないことを自分が話したい。

「亜由美、なんで栗田さんが花びら餅の作り方を教えてくれたのか、わかるかい？」

「えっ？」

かぶりを振る亜由美に、石野は穏やかな視線を向ける。

「花びら餅は、平安時代の宮中の『歯固め』の行事に由来するものでね。長寿を願って歯を固める——そのために固いものを食べる儀式なんだ。もともとは猪の肉や大根や塩漬けの鮎が使われていたらしいけど、次第に簡略化されて、この形になったそうだよ。今では多くの人々に正月のお菓子として知られている」

「歯固め——。だから、ごぼうだったんだ」

亜由美が呟いた。

「まぁ、この年になって歯固めもないけどね。本来は健康や長生きを願ったものだ。お前が作ってくれた優しい気持ちを、ありがたくいただくよ」

石野は黒文字楊枝を花びら餅に刺すと、そっと口に運ぶ。

柔らかい——。歯を立てた瞬間そう思った。もっちり、もちもちだ。

求肥と餅の弾力が昔の記憶を呼び覚ましていく。食べたことあったなぁ、と懐かしさに胸が熱くなる。

次いで広がる白味噌の餡は上品でまろやかな味。仄かにしょっぱい風味と、白小豆の香ばしさと、甘味の濃密な集合体だ。口いっぱいに味がこっくりと広がる。

甘く煮たごぼうは柔らかく、染みた思いがほろほろと伝わってくるようだった。

「美味しいなぁ……」

石野は餅をほおばって言った。

「これ、本当に旨いよ、亜由美」

「——無理しないでね。お父さん」

亜由美が祈るような口調で告げてきた。

「わたし、別にお父さんと喧嘩してるつもりはなかったの。ただ、どうすればいいのかわからなくて……。お母さんがいなくなって、お父さんも毎日大変そうで、これから一体どうなるのか——自分でも自分がわからなかった。だから時々つい、つらく当たっちゃって」

本当にごめんなさい、と亜由美は涙声で謝った。

石野の胸はたとえようもなく熱くなった。

「お前が謝ることない。こっちこそ悪かったよ……。お父さん、どうしても早く店を取り返したくて。カネ稼ぐことばっかり考えて、周りが全然見えなくなってた」

「お父さん——」

「俺の方こそ馬鹿野郎だ。ほんとにすまなかった、亜由美」

「お父さん……体を大事にしてね」

亜由美が言った。

「いつまでも元気でいてね。ずっと長生きしてね。もう——たったふたりだけの家族なんだから」

「ああ……そうだね。そのとおりだ」

石野は思う。

俺はいつまでも元気にやっていく。どんな困難に見舞われても、必ず。

こんなに美味しい花びら餅を食べて、長生きしないわけがない。

借金の返済もあるし、店を取り戻すことも諦めたわけではないが――ただ、今後はもう少し腰を据えて、じっくり取り組んでいくことにしよう。

誰よりも大切な亜由美を悲しませないためにも。

「それから――」

今度は亜由美が冬子に顔を向ける。

「ありがとう、冬子」

「亜由美……」

戸惑い気味の冬子に、亜由美が潤んだ瞳で微笑みかけた。

「わたしたちはいつまでも一番の友達だよ。いろんなことしてくれて感謝してるけど今後は気を遣わないで、いつでも会いに来てね」

「――行く！」

その瞬間、堰き止められていた感情が決壊したように、冬子は涙を流した。

きっと長い間、我慢していたのだろう。子供のように冬子は感情を解放させる。

夜の栗丸堂で、石野と亜由美と冬子は寄り添い、肩を震わせた。

そして石野はしみじみと感じ入る。

本当に苦しいとき、親身になって支えてくれようとする者がいる。離れていても気にかけてくれる者がいる。それはなんというあたたかな幸いだろうか。

思いを嚙み締める石野たちを、栗田と上宮が優しい瞳で見守っていた。

*

冬のオレンジ通りを飾るイルミネーションが、闇夜をひっそり照らしている。

豪華絢爛（ごうかけんらん）とまではいかないが、幻想的なその光景に慰撫（いぶ）されるように、石野と亜由美と冬子は、栗田に何度も感謝の言葉を述べて帰っていった。

——ほんとは最初に話を持ち込んだ梅津も呼べればよかったんだけどな。

遠ざかる後ろ姿を見送って栗田は考える。

亜由美の父を呼ぶ必要があったから、恋人の梅津を呼ぶのは、どうしてもためらわれたのだった。自分のときのように予想外の揉め事が起きても困る。梅津には後で俺から説明しようと栗田は思った。

「なんにしても、これで全員うまくいくだろ」

協力ありがとな、と上宮に伝えようとして栗田が振り返ると、彼の姿がない。

「上宮？」

不審に思って見回したが、オレンジ通りのどこにも彼の姿はなかった。

どうやら見送りの途中で、いつのまにか帰ってしまったようだ。

「……相変わらず、よくわかんねえやつだな」

挨拶くらいして帰ればいいだろうに、と思って栗田は短く息を吐く。

ともかく、今夜するべきことはすべて済んだ。店じまいするか、と栗田は栗丸堂の勝手口に向かって歩き始める。

そのときだ。角を曲がった瞬間、ぎくりとするような光景が目に飛び込んだ。

足下に誰かが倒れている。血の気が引いた。

黒いコートを着た上宮が、曲がり角の近くでうつ伏せに倒れていた。

「――どうした、おい！」

慌てて栗田がその場に屈むと上宮の体が微弱に動く。瞬間的に安堵(あんど)し、栗田は助け起こそうと彼の肩に手をかけた。一瞬、ばちっと静電気の火花が飛ぶ。

空気が乾燥しているのだ。反射的に栗田が手を引っ込めると、上宮が機械仕掛けの人形のように突然ゆらりと起き上がった。

——なんだこいつ？

思わず鳥肌が立つ。立ち上がった上宮の様子が普段と違っていた。

濃い隈のできた目は焦点が合っていない。にもかかわらず大きく開かれ、まるで見えないものでも見ているようだ。そのまま上宮は黙って立っている。薄闇の中、無言で虚空に視線をさまよわせていた。

きっと体調が悪くなって帰ろうとしたんだろう、と栗田は頭の片隅で考えた。だが転倒して意識を失い、おそらく今はまだ朦朧としているに違いない。

ともかく、うちで少し休んでいけ——。

栗田がそう言葉をかけようとしたとき、虚ろな瞳の上宮が薄い唇を開く。

「——裏に向かい」

「え？」

ぞくりとするような異様な声だった。

「外に向かい……逢著すれば——便ち殺せ」

ささやくようにそう告げられた栗田は全身凍りつく。――今なんだって？　意味はわからないが、原初的な恐怖と衝撃を感じた。なにかの経文か？　その文言がどんな思考の流れから出てきたのかなんて見当もつかない。ただ、異常に心に迫るものがあって、絶句して立ち尽くす他にできることはなかった。

やがて上宮は踵を返し、力なく夜道を向こうへ歩き出す。

あてもなく冥界をさまよう亡者のようだ。孤独な後ろ姿だと感じた。手を差し伸べなければ、と栗田が我に返ったときには既に上宮は暗がりの奥へ姿を消していた。

後にはただ、眠るように静かに夜の町が広がっているだけ。

「――まったく」

栗田は深々と息を吐き出す。

「脅かすんじゃねえよ。突然わけのわからねえこと言いやがって」

とりあえず今夜は帰ってゆっくり寝ろ、と栗田は胸中で呟いた。それがなにより先決だ。もしも悩みでもあるのなら、今度会ったときにじっくり聞いてやってもいい。

しかし――。

この日、上宮が東京から忽然と姿を消して謎の失踪を遂げたことを、かなり後になって栗田は知る羽目になるのだった。

芋菓子

「ん。なんとか読める文章にはなってるな」

その日は週に一度の栗丸堂の定休日——。

陽射しは穏やか。冬の優しい光に照らされた自室で、栗田は前日の夜遅くまでかかって書いた手紙を読み返すと、丁寧に折って封筒に入れた。

最近、すれ違って会えないことが多い、葵に向けた手紙だった。

内容は今の心情を率直に綴ったもの。自分の願うことと相手に求めること。それを正確にまとめるのに、思いのほか時間がかかってしまった。

そして、なによりも会って直接話したいという要望を書いた。

栗田としては早く葵と心を通じ合わせたいし、望む方法で謝りたい。見合いの話も軽く否定してほしい。

だが今の葵の心理状態が微妙にわからない。

思考の第一歩は対象を正しく視ること。やはり顔を合わせて話さないと本当の意味での交流にならないと思う。

そのための——これはいわば平安時代の文（ふみ）のようなものだ。

当時、貴族の姫に会うのは簡単なことではなく、和歌を送って心を開いてもらう必要があったと以前聞いた覚えがある。

そんな手間をかけるのは普通ならまどろこしいが、本当に特別な相手なら試みるのもいい。粗雑に物事を進めて後悔したくないのなら。

その段階を踏んだ上で大切な気持ちを伝えれば、きっとわかり合えるはずだ。

本当はもっと早く着手したかったが、色々とタイミングに恵まれなかった。

亜由美と冬子の騒動や、上宮の不思議な発言。

前者の不和は、既に解消されたから問題ない。

後者の件は、意識朦朧としていた上宮がつい口走ったうわ言——どうも禅の言葉だったようだ。あれからネットで調べたところ、おそらくは臨済義玄（りんざいぎげん）という禅僧の語録、『臨済録（りんざいろく）』の一節だったと思われる。

意味はよくわからない。字義通りだと、内でも外でも出逢（であ）ったものはすぐに殺せ、ということになるが、真に受けても仕方ないだろう。それくらいの意気込みで「すべての執着を捨てよ」ということではないだろうか？

仏教は言い回しこそ違え、大体似たことを表現している印象があると素人の栗田は思うのだが、専門に学んでいる者にそれを話せば笑われてしまうに違いない。

「あいつはたぶん、勉強しすぎなんだよ」

栗田は上宮の姿を思い出して軽く嘆息した。

いずれにしても、本人はもう覚えていまい。逆に、記憶があったら今頃は気まずい思いをしているはず。触れずにいてやるのも、ひとつの優しさだ。

「大体、今の俺はそれどころじゃねえからな――って、ん？」

気づくとスマートフォンに浅羽からＬＩＮＥのメッセージが届いていた。

内容は、『マスターの店にいるから来いよ、虫けら』とある。

「相変わらず腹立つ文面だな……。まぁ無視するけど。俺は暇じゃないっつの」


と言いながらも十分後、栗田はいつものミリタリージャケット姿で喫茶店のカウンター席に座り、苦い顔で苦いコーヒーを飲んでいた。

「で？　わざわざ人のこと呼び出して、なんの用だよ」

栗田が隣の席に向かって言った。

「別にぃ？　用なんてないけど。俺は暇つぶしに虫けらの観察に来ただけだよ」

隣の浅羽がコーヒーを一口を飲んで続ける。

「用があるのは、こ・い・つ」

「そっすね。自分です」

浅羽の隣にいた梅津がふいに椅子から離れ、直立して敬礼した。バイク好きの彼は今日も赤いライダースジャケットと、ハードなレザーパンツ姿だ。

「いや、敬礼とかいいから。いつの時代の人なんだよ。軍隊か」

栗田は半眼でぼやき、直後に思い出す。

「あ、そういや梅津。お前に話しときたいことがあったんだけど——」

「はい。例の葉書の件、解決したんですよね？　問題ないです。亜由美から、経緯は全部聞いてますから」

「ん、そうなのか？」

でも、まあそうなるか、と栗田は納得した。亜由美が彼に報告しないはずがない。

「伝説の不良は今も健在だなって、俺めっちゃ感動したんですよ。やっぱり栗田先輩はすごい。本当にありがとうございました！」

梅津が深々とお辞儀するので、栗田は当惑する。

「や、あれと不良の件は、マジでなんの関係もねえから……。すごいのは今も頑張ってる亜由美さんと親父さん。あとは支えになろうとしてた冬子さんだよ。俺は花びら餅の作り方を教えただけだ」

「それでもやっぱり栗田先輩がいなきゃ解決しませんでしたよ。だから今日はお礼がしたくて——なにがいいだろうって浅羽先輩に相談してたんです。そしたら浅羽先輩が『めんどくさいからぁ、本人に訊けば？』って言い出すから」

梅津は『めんどくさいからぁ』のくだりを律儀にも浅羽風に気怠く発音した。

「ふうん」

それで先程のＬＩＮＥにつながるわけか、と栗田は得心する。

「ま、そういうこと」

浅羽が無駄に優雅な仕草でコーヒーカップを置いて続けた。

「だから栗田。せっかくだから遠慮なく欲しいもの言えよ。梅津がなんでも用意してくれるってよ。ほら、欲しいものを声に出して言ってごらん。金魚の餌？　カリカリのキャットフード？　それとも道端に生えてる草とか？」

「なんで動物の餌ばっかりなんだよ」

栗田が憤然と言うと、浅羽がにんまりと目を細める。

「お前がアニマルだから」

「やかましい。つーか、礼なんていらねえよ。俺は困ってる亜由美さんたちを放っておけなかっただけだ。それに、欲しいものは自分で手に入れる主義なんでな。あえてひとつ挙げるなら――そうだな。お前ら暇人に付き合わずに済む時間かな」

「は？　なにそれ」

「俺は急いでいるんだよ。今から葵さん宛ての手紙を出しに行くんだから。まぁ郵便局まで足伸ばすだけなんだけど、少しでも早く届いてほしいしな」

「ふうん。手紙ねぇ」

浅羽が興ざめしたように沈黙すると、それまでカウンターの内側で黙ってカップを磨いていたマスターが今度は口を開く。

「そういえば葵くんが先日来たとき、ちらりと言っていたな。今日は午後からご母堂と赤坂の氷川神社にお参りに行くとか」

「ご母堂？　ああ、紫さんのことか。氷川神社――」

元日は浅草寺へ初詣に行ったが、葵たちは地元である赤坂の神社にも一月中にしっかり参拝しておくということなのだろう。

「赤坂氷川神社。自分、行ったことありますよ。ここからバイクで」

ふいに梅津がそう言って栗田の目を丸くさせた。

「へえ。梅津お前、寺社巡りが趣味なのか？」

「や、そういうわけじゃないっす。前にダチに頼まれて御朱印をもらいに行ったんですよ。御朱印って自分でもらわないと意味ないんじゃないかって忠告したんですけど、なんであんたにそんなことが言えるの、あんたは神様なのって逆ギレされて——やぁ、あんときは参りました。神社だけに」

「……別にうまくねえ」

栗田は鼻白んで呟いた。

直後に浅羽が「ああ、だったらちょうどいいじゃん」と言って指を鳴らす。

「少しでも早く届けたいなら、やっぱ手渡しでしょ。キー貸してやりなよ、梅津」

「は？」

ぽかんとする栗田と梅津に、察しが悪いなというふうに浅羽が首をすくめる。

「手紙だよ、手紙。いくら急いで出しても今日中には届かないし、だったら直接渡せばいい。ここからバイクで行けるんでしょ？」

「あ、なるほど！」

梅津が会心の笑顔で、自分の手のひらを拳で打った。それからポケットからバイクのキーを取り出して、栗田に放る。

栗田は片手でぱっと掴んだ。

「……いいのか？」

「もちろんですよ。俺の〝音速のゼファー〟も〝鬼の栗田〟を乗せられるなら泣いて喜びます！」

「いや、泣かれてもな」

しかし栗田も内心、乗り気だった。「まあいいや。こっから赤坂だと──とりあえず皇居を目指して、その先は国会議事堂に向かえばいいか。迷ったらスマホの地図もあるしな。時間は三十分で、余裕っすよ」

「栗田先輩なら十五分くらいか？」

梅津が白い歯を見せて爽快に笑った。

「バイクは雷門地下駐車場に置いてます。思い切り飛ばしてきてください！」

「ん。ありがとな、梅津。かもしれない運転で、大切に乗らせてもらう」

うなずく栗田に、「せいぜい気をつけなよ、クソ栗田？　ここで事故ったら死んでも死にきれないだろ」と浅羽が少し心配そうに声をかける。

「サンキュ。でも、俺は殺しても死なねえから安心しろ」

「あっそ」

浅羽が軽く言った。そんな栗田たちの様子を見て、梅津が興奮気味にうなずく。

「なんかこう、先輩たちは阿吽の呼吸ですね。ハート震えますよ。では気合を入れるために、僭越ながら自分が唱和させていただきます」

「は？　なにを」

きょとんとする栗田の前で、梅津は両手を後ろで組むと深呼吸して口を開いた。

「──喧嘩上等！　疾風怒濤！　有給休暇！　浅草の元テッペン、鬼の栗田、これより吶喊します！」

「やめて……」

恥ずかしさで真っ赤になりながら、栗田はマスターの店を出て行った。


大小様々なビルが滑るように後方へ過ぎ去っていく。

栗田は赤のゼファーで、晴天の靖国通りを風のように走っていた。

見慣れた車体とヘルメットは駐車場を探し回らなくてもすぐわかった。昔の栗田の愛車にも似ていたから、体に吸い付くように楽に乗れた。

──さすが梅津の単車、いいコンディションだ。

静かな低い排気音が体に心地いい。

空気抵抗を軽減するため、栗田は尾てい骨の辺りに体重をかけて背中を丸め、限りなく前傾姿勢で乗るスタイル。その見た目故か、昔はよく走り屋と勘違いされ、無駄に勝負を挑まれたものだ。ちなみにスピード勝負で負けたことはない。

そんなかつての運転技術もあって、栗田は危なげなく街を駆け抜け、赤坂方面へ向かう。そして胸の片隅で思い出す。

昔、こうして走っていた時代――十代の頃のひりつくような焦燥感と、胸を締め付ける理由のない苛立ちを。

あの頃はいつも思っていた――くそっ、わからねえ。俺、一体なにやってんだ。

対象のない怒りにも似たあの感情は、思春期の終わりとともに、胸の底へ沈めた。十代の男子なら多くの者が持つだろう、閉塞した日本社会に対する不満や、理不尽さに対する憤激だけでは、この先を生き抜いていけないと実感したからだ。

だが――感情は死んでいない。

当時の激情は今では高度に変質し、自分の魂を駆動する灼熱(しゃくねつ)のガソリンとなって燃えている。それは栗田が本気を出したとき、マグマのように熱く噴き出して、信じられない力を心身に漲(みなぎ)らせてくれるのだ。

今の俺には誰も追いつけない。

——会いに行くぞ、葵さん。

ヴォン！

栗田はバイクを加速させて風を追い越した。

＊

「あらー。こんなところで会うなんて、奇遇ねぇ」

葵の母の鳳城紫に出くわしたのは、赤坂に着いた栗田が駐車場にバイクを置き、氷川神社の入口の鳥居をくぐろうとしたときだった。

石段を駆けのぼった栗田の対面から、鮮やかなマフラーを巻いた上品なコート姿の女性がちょうど歩いてくるところで、顔を見たら紫だった。

「紫さん！　葵さんと一緒じゃ？　じゃなくて——こんにちは。先日はその、ありがとうございました」

栗田は少し慌てる。気が焦って挨拶の順番が変になってしまった。

紫はミディアムの髪にくるくると指を絡め、両目を糸のように細めて笑う。

「ふふ、気を遣わなくていいのよ。こんにちは、栗田さん。葵なら、確かに途中まで一緒に来たんだけど、もう行ってしまいました。ここにはいないわぁ」

「え？」

栗田は体から力が抜けた。せっかく気合を入れて飛ばしてきたのに。

「ごめんなさいねー」

「いえ、そんな……。こちらこそ突然すみませんでした」

「まあ、どっちも同じくらい突然だったけどね」

よくわからない発言をして紫が続けた。

「ここの神社って縁結びのご利益もあるって言われてて、人気なの。そのことで雑談してたら、急に葵が妙に思い詰めた顔で『お母様、わたしちょっと浅草に行ってきます！』なんて言って、走って行っちゃって。だからちょうど入れ違いになったのは、栗田さんと」

「じゃあ葵さんは浅草に？」

「そうよー」

紫が笑顔でうなずき、栗田は戸惑いつつも葵の行動の意味を考える。縁結びの話から突如、浅草に行くというのは、どういう心の動きによるものなんだ？

ともかく落胆している場合ではないのは確かだった。

「じつはうちでもねぇ。あれから色々あって」

紫が頬に手を当てて、物憂げにほうっと溜息をつく。

「家庭の揉め事の話はあまりしたくないんだけど、例の元日の件。おかげで葵もすっかりいつものペースを崩しちゃって、わたしもなにかと頭が痛くて」

「……すみません。俺のせいで」

栗田は心から恐縮して謝った。

すると紫はわずかに思案した後、にっこりと両目を細める。

「その辺のこと、せっかくだから少し話さない？ こないだは義和さんの手前、言いにくいこともあったし、近くにいい甘味処もあるのよ。あ、鳳凰堂とは関係ない店だから安心して。わたしは葵の母親であると同時に、若者の味方よ」

栗田は思わずまばたきして、少し迷った。頭では一刻も早く葵のいる浅草に向かいたかったが、本能はこの機会を逃すべきではないと告げている。

栗田は小さく息を吐いた。

「ありがたいですね。だったらお願いします」

「うん。じゃ、こっち」

紫に案内されて辿り着いたのは、赤坂の瀟洒なビルの一階にある、それでいて年季の入った暖簾を掲げた和菓子屋だった。

店内のイートインのテーブルにつき、少し硬めの世間話をしていると注文した品が運ばれてくる。

「お、旨そうですね」

「ほんとね。写真以上に、実物は食欲を誘うわぁ」

ふたりが頼んだのは、その店の新商品だという芋どら焼きだった。芋どら焼き二個と緑茶のセット。メニューを見ていたとき、店員に勧められて決めたのである。

芋どら焼きというだけあって、中には小豆の餡ではなく、芋を使った黄金色の餡がたっぷり詰まっていた。

ほくほくと食べながら、こういうのもいいなと栗田は内心感銘を受ける。薄いふわふわの生地に、芋餡のしっとりした甘味がよく合っていた。

甘いものを食べていると、自然と雰囲気も和らいで、会話も弾む。

いつしか話は芋餡のようになめらかに本題に移行した。

「それはそうと、ごめんなさいね、栗田さん。義和さんのこと」

紫が申し訳なさそうに言って嘆息した。

「せっかく葵が頑張ってお膳立てしたのに、まさか初対面の彼氏の前で、あんなこと言うなんて」

「え？」

栗田は少し意表をつかれた。

「……義和さんと、夫婦で事前に打ち合わせてたわけじゃないんですか？」

「まさかぁ。新年のおめでたい日に、あの場でわざわざ波風立てる必要ないでしょ。わたしも内心びっくり仰天よ。義和さん、ここでそんなこと言っちゃうのーって」

「そうなんですか」

栗田はつい無言になる。

どうも鳳城家の者は皆が皆、和菓子の世界のやんごとなき殿上人だと思っているわけではないようだ。こちらの認識と若干の齟齬(そご)がある。

「ここだけの話、わたしはあなたのこと、葵には合う人だと思ってる。葵は辛(つら)い目に遭ったことがある子だから——温室育ちのエリートより、あなたみたいな心の大きい人がいいのよ」

紫が真摯な口調で言った。

「え、俺——」

不意をつかれて栗田は驚く。そんなことを言われるとは夢にも思わず、一拍遅れて嬉しさが胸に込み上げてきた。だがその喜びに浸る暇もなく、

「ただねぇ、義和さんはわたしと意見が違うみたい」

紫がそう呟き、栗田の唇をきつく引き結ばせた。

「ん。みたいですね」

「まあ――。色々あったから、あの人も」

紫は皿の上の芋どら焼きに視線を落とすと、意味深に沈黙した。

それから若干こちらを試すような色を双眸に浮かべ、栗田を見つめる。

「ねえ、栗田さん。あなたの役に立つかどうかはわからないけど、わたしと義和さんのちょっとした昔話、聞きたい？」

「聞きたいです」

栗田は言下に答えた。どんな内容であれ、ここで聞かないという選択肢はない。

「そう。じゃあ、芋どら焼きを味わいながら気楽に聞いてくれる？　これはわたしが今のあなたと同じくらいの年だった頃の出来事――」

そんなふうに前置きして、紫がほんわりと笑顔で語り出したのは、栗田が予想だにしない、女同士の激しい闘争の話だった。

＊

今は昔――東京、赤坂の鳳城家に、紫という少女ありけり。

と、昔話にも程がある語り口で始まったが、その後は元に戻った。

紫はなんでもできる子だと言われて育った。

事実、紫は様々な才能に恵まれていた。

勉学、運動、社交、和菓子作り。どんな分野でも非凡な能力を発揮し、なおかつ人に慕われる求心力もある。学生時代は生徒会長も務めたほどだ。性格も独特の穏やかさに満ちていて、優しい。

その完璧に近い優秀さは万人の憧れの的。人々は畏敬の念を込めて彼女を鳳凰堂の紫の君――結婚後は紫の上――と呼んだ。

実際の話、紫は将来、鳳凰堂の顔になるべき者だと言われ、会社の中枢である経営企画室に入るようにと、しきりに幹部たちから勧められていたのだ。

だが、ひとつやり残したことがあり、紫はその誘いを頑なに断っていた。そして大学卒業後は家で研究をしつつ、鳳凰堂の茶寮で和菓子職人の修業を続けていた。

少女時代から、どうしても勝てない相手がひとりだけいたからだ。

それが関西の和菓子職人――林伊豆奈。

勝負師の異名を持つ、和菓子の女傑だ。

大阪の堺市に『竈屋』という店を構える彼女は、全国の様々な菓子展やコンテストに出場しては優勝し、その神がかった戦績から、仁徳の伊豆奈とも呼ばれていた。

紫も、伊豆奈には何度辛酸を舐めさせられたことか。

伊豆奈が出場したコンテストでは決まって二位の座に甘んじる羽目になる。

二十歳ほど年上で本拠地も関西だから、比較されるわけではないが、勝とうと思って一度も勝ったことがない唯一の相手。幼少期から天才少女と謳われた紫が本気を出しても、なぜかあと一歩のところで競り負けてしまう、いわば心の宿敵だった。

伊豆奈に勝つまでは、現役の和菓子職人であることを辞めない――。

その闘争心が、大学出たての紫の心身を熱く突き動かしていた。伊豆奈にさえ勝てれば、自分は和菓子の世界の鳳凰として、無限に羽ばたけると思っていた。

そして、その年の秋――。

若き紫と義和は、伊豆奈の本陣である大阪にいた。

大阪府堺市。かつて東洋のベニスとも呼ばれた、昔ながらの味がある都会だ。

その真っ只中に鎮座する巨大な大仙陵古墳——別名、仁徳天皇陵の拝所の前で、ふたりは肩を並べ、なんとも言えない表情をしている。

「大きいわねー」

紫が両目を細めて呟いた。

「大きいです」

隣の義和が同意する。

「大きすぎて、なんだかザ・雑木林って感じねぇ。さすが日本最大の古墳。地上からあの鍵穴の形が見られるわけないか」

「確認するにはヘリが必要でしょうね」

「熱気球はどうかしらー？　なんて与太話はさておき、前方後円墳ってどっちが前でどっちが後ろか、義和さんわかる？」

「わかりません」

「あら」

紫が意外に思ったのは、何事もそつなくこなす四歳年上の義和——当時はまだ独身で木崎義和——が、あっさりわからないと答えたからだ。

義和は鳳凰堂の社員で、まじめで落ち着いた性格の男。もともとはグループの子会社の工房で働いていたが、有能な人材だということで本社に引き抜かれた。今は和菓子職人と環境開発部門の二足のわらじを履いている。

義和は職人としての腕も立つが、どちらかというと周囲の者が腕を振るいやすい仕組みを整備することに興味がある男で、プレイヤーというよりサポータータイプだ。

その延長で、打倒伊豆奈に燃える紫をなにかと支援するうちに、いつしか右腕のような立場に収まっていた。

上からは、紫のお目付役であり護衛として、この種の遠征は出張扱いにしてもらっているらしい。もちろん交通費やホテル代は経費で、残業手当も付く。

そんなふうに万事抜かりなく、幅広い世間知に通じた男なのだが――。

「もちろん前方後円墳ですから、前が方形――四角形で、後ろが円形だと言われてることは知っています。なんでも、小高い円形の部分が死者を葬る場所で、低い方形の辺りは主に祭祀（さいし）を執り行う領域だったのだとか」

義和はこめかみを指で押さえて続けた。

「ただ、それは視点をどこに置くか次第だとも思うんですよ。日常生活でも前と後ろなんて簡単に入れ替わるじゃないですか。総じてこの手の設問は、誰がどこから見るかによるんじゃないかと」

「ふうん。さすがに義和さんは博識でまじめねー」

「いえ――お恥ずかしい。ただの屁理屈ですよ」

「でも面白いわ。そういう視点で古墳を見ると、なんだか知的興奮を覚えるわね！」

紫は「古墳」と「興奮」にわかりやすく力を入れて発音し、優雅な笑みを浮かべて義和を斜めから見た。

「た、確かに」

義和が若干しどろもどろに答えた。雰囲気も自然と和らいだ。

「さあ、名所見物はこの辺にして、そろそろ本命の場所に向かいましょうか」

「そうですね。ここから歩いて十五分というところです」

紫と義和は拝所を出ると、巨大な古墳を囲む堀に沿って、ぐるりと北側へ向かう。

やがて近づいてきた三国ヶ丘駅から、通りをひとつ越えた一画にその店はあった。

「ここが伊豆奈さんの店――竈屋か」

反対側の歩道から、紫は万感の思いでその店舗を眺めた。

今のうちに、どうしても直接見ておきたかったのだ。

小豆色の暖簾に、色褪せた枯草色の壁。業界に勇名を轟かせる伊豆奈の店にしては小さい。店舗の作りも古く、周りの建築物と比べるとあきらかに時代が違う。

だが外にまで長い行列ができており、相当な繁盛の程がうかがわれた。

「んー……」

紫が両目を細めて感慨に浸っていると、隣に立つ義和が「きっと演出効果を狙っているのでしょう」と静かに言った。

「というのは？」

「店舗を改築しない理由です。もちろん建物にも愛着があるのだと思いますが、この光景を見れば誰もが目を引かれますからね。小さな古い和菓子屋に、なぜかいつもできている行列……。なんだろう、と思いますよ。おそらく店内も意図的に手狭なレイアウトにしているのではないかと」

穏やかに分析してみせる義和に、本当に冷静でまじめな人だなぁ、と紫が感心していると、背後から聞き覚えのある声がする。

「残念だが、少し違うね。ただの体裁さ」

紫と義和がはっとして振り返ると、視線の先に伊豆奈が立っていた。

躍動感のある長い髪を淡い風になびかせた、黒のコートとレザーパンツ姿の女性。凛々しく不敵な面持ちで、いつもながら和菓子職人というより凄腕の女性刑事のようだ。四十歳をとうに過ぎているのに、十歳は若く見える。

紫と義和の鋭い視線を受け止めて伊豆奈が口角を上げた。

「なんだい。意図して忍び寄ったわけじゃないよ。休憩に出て帰ってきたら、あんたらふたりが偶然、店の前にいただけさ」

「でしょうねー。こんにちは、伊豆奈さん。お久しぶりです」

葵が会釈すると、「久しぶりだね、紫さん」と向こうも簡潔に挨拶する。

紫の隣で義和も素早く頭を下げて、

「どうも、お久しぶりです。ところで先程の〝体裁〟の意味は？」と、まだ少し警戒した口ぶりで尋ねた。

伊豆奈がふっと片手を広げる。

「言葉どおりの意味だよ。仁徳の伊豆奈の店で、屋号も竈屋なんだ。聖帝の威光にあやかってる以上、贅沢なビルに建て替えるわけにもいかないだろ」

「なるほど、民のかまどねー」

紫は得心したように両手をぽんと打ち合わせた。

じつは最初からそうだと思っていたが——仁徳天皇の有名な逸話だ。

即位後に高台に登った際、民家のかまどから煙が立っていないことに気づいた仁徳天皇は、これではいけないと三年間の税を免除した。そして自分は宮殿の屋根が荒れても茅（かや）を葺（ふ）き替（か）えないほど、質素倹約したのだという。

「見習いたい、立派な話だよ」

伊豆奈が長い髪を颯爽（さっそう）と掻き上げて続けた。

「菓子の値段も、これでうちはなかなか良心的でね。本当はもっと強気の値段設定でもやっていける。ただ――やっぱりお客さんあっての和菓子屋だ。月並みな言葉だけど、買った人に喜んでもらうのが、あたしにとっては心の富のひとつなんだよ」

伊豆奈が必要以上に多くのコンテストに出場しても荒らし扱いされず、世間から許されるムードの醸成に成功しているのは、こういう意外なくらい純粋な部分と、客の目線に立った気配りの賜物（たまもの）なのだろうと紫は思った。

「それはそれとして紫さん。大阪の名所見物もいいけど、明日の勝負、準備はもう大丈夫なのかい？」

不敵な目つきで伊豆奈が言った。出方をうかがって紫は沈黙する。

伊豆奈が口にしたのは、明日、天王寺（てんのうじ）の菓子処で行われる、芋を使用した和菓子の対決の件だった。

今回、紫と義和が大阪にやってきた理由もそれだ。予選と本戦を突破して、同じく勝ち上がってきた伊豆奈と決勝戦を行うことになっていたのである。

いつもと違い、今回はコンペではなく記念行事だから、どんな品を出してもいい。

なんでも、主催の菓子処は様々な芋菓子で人気を博しており、今年で創業五十周年。

その記念行事として週刊誌と協力したイベントを企画した。

『最も美味しい芋菓子はなにか？』

エントリーした職人たちに、その問いの答えを表現する和菓子を作らせて競わせる、芋の美味の探究だ。

一種のお祭り企画だから店の新商品に採用するわけではない。予算にも仕入れ先にも制限はなく、美味しければそれでいい。芋菓子なら、なんでもありというものだ。

決勝戦のルールはシンプルで、美食家で有名な五人の審査員がふたりの作った品を食べ、どちらが旨いかを多数決で決める。

畢竟（ひっきょう）、なにを作るかで、勝敗の大部分が決まるだろう。

芋を主軸に据えた和菓子というのは案外少ないからだ。

ストレートに発想すると、芋羊羹（ようかん）、芋きんつば、大学芋、芋けんぴ――。

凝ったものだと、芋餡の最中、芋入りの蒸し饅頭、芋と小豆餡を入れた饅頭など色々あるが、芋菓子としての明快さには欠ける気がする。

正直なところ、紫は直球で勝負するか変化球で行くか、未だ決めかねていた。

今までは双方を適度に織り交ぜ、なおかつ余裕を残して勝ち上がってきたが、もうそれは終わり。明日が自分の和菓子に捧げてきた日々の集大成だ。次の機会はない。なぜなら──。

この勝負を最後に、伊豆奈は和菓子職人を引退する。

店を娘夫婦に譲って隠居するのだそうだ。理由は私事だそうで踏み込めないが、店を実質的に切り盛りしている娘夫婦と、うまくいっていないのだと皆は噂している。

紫は噂話には興味がない。伊豆奈が引退したいなら意志を尊重しよう。

ただ、最後にどうしても、一度でいいから勝ちたかった。それをもって自らの青春を締め括りたい。

「わたしがどんな芋菓子を出すか──伊豆奈さんの予想は？」

紫が冗談まじりに探りを入れると、伊豆奈は素っ気なくかぶりを振り、

「知らないね」

端的にそう答えて続ける。

「逆もしかりさ。あたしが作るであろうものに対応して、あれを出そうこれを出そうと考えるのなら──あんたに勝機はない」

「ふふ。言えてる」

なんて楽しい人だろう。それでこそ我が好敵手だと思い、紫は両目を細めた。

「いずれにしても全力を出すわ。明日はよろしくお願いします、伊豆奈さん」

「ああ。こっちこそよろしく」


ホテルに戻った紫と義和は明日の勝負のため、材料の仕込みと製菓道具のチェックを行った。

直球の芋菓子か、変化球の芋菓子か？　どちらも作れるように準備を整える。

伊豆奈の店を見れば決意が定まるかと思っていた紫だが、そんなことはなかった。むしろ本人に会ったことで、慎重さに拍車がかかった気もする。

やがて夕方になり、約束していた客人が訪ねてきた。

「どうも、里村です」

「こんにちは、鳳城紫です。本日は遠路はるばる、ありがとうございます」

紫と義和は並んで会釈した。

里村は、伊豆奈がまだ若く独立する前の頃、金沢の店で一緒に働いていた時期があるという元和菓子職人だ。

還暦をとうに過ぎ、もうすぐ七十歳になる彼は現在、滋賀県の琵琶湖の近くで息子夫婦と暮らしている。伊豆奈をよく知る元職人だということで、参考になる話が聞けるかもしれないと考えた義和が、事前に会う約束を取り付けておいてくれたのだった。

紫と義和はホテルのラウンジでテーブルを挟み、里村と向かい合う。

ちょっとした雑談を終えると、話はおもむろに核心に入った。

「最後の勝負……。ならば彼女はきっと、あれを出してくることでしょう」

里村の言葉に、紫と義和は真顔で聞き入る。

「華幻糕――」

里村が静かに言葉を発し、やはり、と紫は思う。

事前のリサーチで、そういうものが存在することは知っていた。

ただ、実際に食べたことはない。今は製法が失われた、幻の創作菓子だからだ。

なんでもそれは、若き日の伊豆奈が修業した金沢の店を辞める少し前に考案したものの。風変わりで大変な美味だが、仕上げに相当な技巧を必要とするのだという。

よって、工場では量産できない。作れるのは一日にせいぜい数十個。

そのせいか、おそらくは伊豆奈の置き土産だったはずの華幻糕は、次第に金沢の店では作られなくなり、長い年月の末に製法が失われてしまったのだという。

だが本人は作り方を知っている。そして味に絶対の自信を持っている。

いざというときの切り札に必ず出してくると里村は言った。

「落雁……なんですよね？　華幻糕というのは」

紫が尋ねると里村は顎を引く。

「有り体に言えばそうです。薄紅色の花のような——淡い炎の色の落雁。私は技量の未熟さもあって、当時の店主から製法を教えてはもらえませんでしたが、食べたことはある。不思議なものでした。干菓子なのに、ふかふかしていて柔らかいんです。しかも落雁の中に餡など様々なものを入れて、その味を引き立たせる」

里村の話を聞いた義和が「むう」と低く唸る。

冷静でまじめな義和のことだ。脳内で味のシミュレーションをしているのだろう。

つまるところ伊豆奈は明日、その華幻糕に芋餡を詰めて出してくると里村は言っているのだから。

——伊豆奈さんにとって特別な和菓子が、最高の技巧で繰り出される。

紫の両目が狐のように細められた。なぜだろう。そんな物凄い和菓子と勝負するのなら普通、怖じ気づきそうなものなのに、今は頬が緩んで仕方がない。

「しかし、あの人もよく続けたもんだ。勝負師か」

ふいに里村が小声でそう呟いた。

「里村さん？」

戸惑う紫の対面で、里村は誰でもない誰かにぽつりと問いかける。

「勝負って……一体なんなのでしょうね？」

ひりつくような夜が明け、対決の日が訪れた。

紫は自分でも意外なほど清々しい気分で、天王寺の菓子処に足を運んだ。朝起きた瞬間、なにを作るか決意が完璧に定まっていたからだ。

芋羊羹。

それも極めつきの品だ。材料を充分に確保できないことから、鳳凰堂では一般販売していない、古き文献に基づくもの——。

鳳城家の家宝である『幕府御用菓子秘伝抄』と、それをもとに紫の祖父が研究結果を書き連ねた『鳳城菓子秘録』をもとに、紫が編み出した芋羊羹である。

濃厚でねっとりと甘い、本場種子島から取り寄せた最高級の安納芋と、鳳城家秘伝の塩を二種類。そしてコクのある沖縄黒糖を用いる。寒天はほぼ使用しない。

しかしながら、紫と義和の複雑で繊細な手仕事が、べっこう飴(あめ)のようになめらかな食感を実現するのだ。いわば安納芋の素材の美味しさを、極限まで活かす芋羊羹。

「ずいぶん迷ったけど、わたしは直球勝負で行くわ。伊豆奈さんの最高の和菓子には、こちらも最高の力でぶつかりたいもの」

「ベストの選択です」

普段は慎重で冷静な義和も、力強く百パーセントの太鼓判を押してくれた。

「林伊豆奈がなにを作ろうと、これより優れた芋菓子は地上に存在しません」

「うん。じゃあ行きましょう！」


決戦の会場は、菓子処に併設された広い茶寮だった。

上座の長テーブルに、審査員である地元で有名な五人の美食家。そこから少し離れたテーブルに、週刊誌と地方新聞の取材チームが総勢二十人ほど並んでいる。

まずは先攻である紫が、極めつきの芋羊羹を皆のテーブルに運ばせた。

「ほほう！　これはまた、えらいきれいな芋羊羹やなぁ」

皆がその美しさに惚(ほ)れ惚(ぼ)れして、黒文字楊枝を手に取る。

「しかも旨い！　今まで食べたことのない味や。ほくほくしてて、サツマイモをそのまま味わっとるような感がある！」

「この芋は、太陽の光をたっぷり浴びた土が育んだものやな。自然の贈り物や！」

五人の美食家はいずれも紫の芋羊羹を食べ、ご満悦だった。会場の記者たちも夢中で味わい、伊豆奈も目を丸くした驚きの表情で食べている。

苦言を呈する者がひとりもいない、完璧な絶賛の声が茶寮にこだました。

「――勝ったな」

紫の隣で、義和が他の誰にも聞こえない小声で呟いた。

そうよね、と紫も静かな興奮の中で考える。

風味、食感、品格、明快さ。義和が言ったとおり、これを上回る芋菓子は他に思いつかない。

いくら伊豆奈が〝芋餡入りの華幻糕〟とやらを出してきても、それはつまり技巧を凝らした変化球なのだ。芋の魅力を最大限に引き出した、この芋羊羹には及ばない。

最速の直球はつねに、小手先の技に勝る――。

故に、勝利は確定した。紫は後攻の伊豆奈が少し可哀想になるくらいだった。

やがて皆が完食し、空になった食器が下げられる。

「では次に林伊豆奈さん、発表をお願いします」

司会者に促されて、伊豆奈が別室へ姿を消した。紫はそっと息を吐く。

——いずれにしても、今日で彼女は和菓子の世界から去る。自分が青春を費やして追いかけた、憧れの人の最後の品……。なんであろうと美味しく食べて、新たな道へ送り出してあげよう。

少し切なく紫が考えていると、伊豆奈がステンレスのワゴンを運んできた。

そこに載せられた品を見た瞬間、人々は騒然となる。紫は瞠目して言葉を失った。

「馬鹿な！」

普段は冷静な義和が声を張り上げた。「こんなの和菓子じゃない！」

「それを決める権利は——あんたにはない」

伊豆奈が不敵に言い放ち、作りたての品を載せた黒い長角皿を皆に配る。

紫はごくりと喉を鳴らした。圧倒的な脅威を感じ、心臓が激しく鼓動している。

目の前で熱く湯気を立てているのは、赤紫色の皮と光り輝く黄金色の実——。

ふたつに割った、焼き芋だった。

「水菓子という言葉が果物を指すように、古来、菓子とは果物のことでした」

会場内の顔ぶれを見回して伊豆奈が語り出した。

「砂糖が存在しなかった古き時代、人々が自然の中から獲得できる甘いものは、なによりも果物だったのです。だが――本当にそれだけだろうか？」

伊豆奈が不敵に続けた。

「あたしは根菜であるサツマイモも、調理法次第で充分スイーツとして成立するものだと考える。これは鳳城紫さんが使ったものと同じ安納芋。安納芋を使った甘いものなら、芋菓子以外の何物でもない。いや、むしろ芋菓子を超えた芋なのだ。皆さん、食べてみてください」

伊豆奈の言葉に、紫は皿の上の焼き芋をおそるおそる手に取った。

思いのほか、ずっしりしている。ぱりっと焼けた皮の部分からは、じわじわと熱が伝わってきた。

鮮やかな黄金の実の部分に口をつけると、衝撃的な食感で一瞬めまいがする。

――うわああっ……。

焼き芋とは思えない、甘い甘い、ねっとりした口当たり。なんだこれは。

たっぷり蜜を吸ったチーズケーキのようだ。柔らかに湿った芋羊羹のようだ。

――なにこれ。なにこれ。

カラメル色の香ばしい芋の蜜が溶岩のように固まって、焼き芋の形を為(な)している。

確かに既存の芋菓子の概念を遥かに越えていた。紫は我を忘れて、その豊潤な塊に、はふはふとかぶりつく。

口いっぱいに広がる甘味。クリームのような濃厚なコクと瑞々しい食感。あまりの幸福感に紫は夢想の世界に誘われる。

本当に、天にも昇る心地なのだ。

大都会の空から地上を見下ろすと、荘厳に広がる仁徳天皇陵の鍵穴。扉を開けると土の下では、大量の埴輪が踊っている。美しい須恵器。霊獣が描かれた古き獣帯鏡。甘いものとは美味しい、古代の宝だ。

これこそが――仁徳の芋菓子。

恍惚とする紫と裏腹に、伊豆奈は勝負どころとばかりに熱弁を振るっていた。

「もちろん、ただの焼き芋ってわけじゃない。まずは焼くべき芋を用意するのが大変でね。これは農家の人に貯蔵してもらって、三ヶ月ほど熟成させた安納芋。この過程ででんぷんの糖化が促進されます」

伊豆奈が続けた。

「焼く際は石焼き芋のように遠赤外線の原理を使う。専用の石窯で、全方向から低温でじっくり加熱していくんです。やがてある温度に達すると、芋のでんぷんが糊化する。それをβアミラーゼが加水分解して麦芽糖に変えていくのですが、その時間をいかに長く保つかが、この焼き芋の秘訣。つきっきりで三時間半かけて焼いています」

——ああ。

民のかまどだ、と紫は思った。

食べる人のことを心から思っていなければ、三時間半もかけられない。

前日の里村の助言から、伊豆奈は技巧の極みのような変化球の逸品——芋餡入りの華幻糕を出してくるものだと紫は思い込んでいた。

だが結果はまるで違った。

伊豆奈は紫が考える直球を超えた、究極の直球をど真ん中に投げ込んできた。

それがこの、三時間半かけて焼いた、羊羹のように柔らかな食感の焼き芋。

芋の美味しさをこれ以上、引き出したスイーツはない。

そして、ふいに紫は昨日の里村が言っていた話の続きを思い出す——。

「——しかし、あの人もよく続けたもんだ。勝負師か」

昨日のことだ。里村は誰でもない誰かに向けて、ぽつりと呟いたのである。

「勝負って……一体なんなのでしょうね？」

意味がよくわからず、首を傾げる紫に、里村は続けてこう語った。

「彼女は——伊豆奈は筋金入りの苦労人なんです。独立後、金沢の店の主人に非道な嫌がらせをされ続けていて……。なまじ卓越した才能があったからですよ。うちに戻ってこないなら、実家の店を潰すと脅されていた。彼女の親には多額の借金もありましたし、伊豆奈は各地のコンテストで、ひたすら名を売るしかなかったんです。公の場では、さすがに向こうも汚い手を使えませんから」

「そんな、ことが」

事情を知った紫は愕然(がくぜん)とした。

「そして、幸か不幸か、彼女は勝ち続けた。おそらくはいつも必死の思いで」

——それが林伊豆奈の行動原理だったのか。

長い沈黙が垂れ込めた。

ひとつ深呼吸して里村が続ける。

「私は、勝負というのは挑戦だと思っています」

「挑戦……ですか?」

紫はきょとんとして目をしばたたいた。

「ええ。未知の領域に挑戦し、道を切り開くこと。自分の殻を破って困難を乗り越えていくこと。それは人が生きる営みそのものです」

あの時代、彼女はただ生きるため、命がけで道を切り開こうとしていた――。

里村はそう語った。

「じつはですね、伊豆奈にとっては愛憎入り交じる――いえ、誰よりも憎い、金沢の店の主人が先日、死んだんです。新聞にも出ていましたよ。希代の名人として知られた、菓匠豊月の店主が亡くなったと。伊豆奈の引退はそのためでしょう。もう終わりでいいと彼女の中で結論が出たんでしょうね」

「亡くなった……」

紫の呟きに、里村は静かにうなずいて続けた。

「ただ、紫さん。あなたを無視して終わるわけにはいかないと伊豆奈は思ったに違いない。特別な相手だと認めているはずです。だから、最後にもう一度――」

紫は心が震えた。だが口にするべき言葉を見つけられず、無言のままだった。

里村がゆっくりと頭を横に振り、「ねえ紫さん、私は思うんですよ」と穏やかな微笑を浮かべた。

「世の中の勝負というものは終わってみれば大抵、虚しい。勝っても負けても、極論すればどっちだっていいものだ。ただ――本気で勝負したことのない者に、真実はわからない。自分とはなにか？　生きることの本当の意味とは？　そういう青臭いけれども、大切なものが」

生きること、即ち挑戦すること、と呟いて里村は続ける。

「伊豆奈はいつもそうだった。挑戦者——。彼女こそ真の勝負師です」


進行を務める司会者が、閉会の挨拶を晴れやかに読み上げていた。

「皆様のご協力のもと、当店の五十周年記念行事は大変有意義なものとなりました。心よりお礼申し上げるとともに、今後も業界の発展を——」

イベントが無事に終わり、会場には弛緩した空気が漂っている。

審査の結果、審査員は五人とも伊豆奈の焼き芋を選び、彼女が勝者となった。

普通の焼き芋は和菓子ではない。だがあれは焼き芋の範疇を超えた、和菓子ではない和菓子だという判断が下ったのだ。

その結果に不服はない。紫も完敗だと思っていたからだ。

——自分が憧れた人は、最後の最後まで既成概念に挑戦した、真の強者だった。

結局一度も勝てなかったが、これはこれで胸を張れる誇らしい結果だろう。

無限に飛翔する鳳凰にはなれず、自分は今ゆっくりと地上に降り立って翼を折りたんだ。青春が終わったんだなと思う。

ただ――。

――華幻糕って結局どんなものだったんだろう。

気になることと言えばそれくらいだった。

あの素晴らしい焼き芋を食べさせてもらった以上、文句をつけるつもりはさらさらない。しかし彼女の技術の全容をもう知る機会がないのは寂しい。

あなたもそう思うでしょう?

と、紫は隣の義和に視線で同意を求めようとしたが、あいにくまだ戻ってきていなかった。先程、お手洗いに行くと言い残し、彼は会場を抜け出したのである。

だが、それにしては戻るのが遅い。思えば今日まで義和は様々な業務を掛け持ちして忙しそうだった。疲れも溜まっているはずだ。まさか途中で倒れたり――。

急に心配になった紫が会場を出て廊下を歩いていると、息を呑む光景に出くわす。

洗面所の近くの壁に手をついて、義和が俯いていた。

「義和さん!」

慌てて彼に駆け寄った紫は、間近でさらに驚かされる。

義和は――泣いていた。

あの冷静で慎重な義和が。

顔を伏せて静かに涙を流していた。

「……勝たせたかった」

義和が呻くように言った。

「林伊豆奈との最後の勝負……お嬢様にどうしても勝たせたかった――」

痛切な思いの伝わるその声に、紫は胸を抉られて言葉が出ない。

「いや――あれはお嬢様の勝ちだった。私は認めない。焼き芋なんて、あんなものが和菓子であるものか。林伊豆奈は正攻法ではお嬢様に勝てないからこそ、はったりに走ったんだ」

彼の言いたいことはわかる。審査員によっては、あの焼き芋が認められない可能性も充分にあった。

でも伊豆奈はその不確定な部分にあえて挑戦し、賭けに勝利した。それは悔しいが、やはり賞賛に値することだと紫は思う。

「義和さん、今まで協力してくれて本当にありがとう。でもね、結果は謙虚に受け止めたいの」

「納得できません」

義和は強情にかぶりを振った。「私は、どうしてもお嬢様の最後の花道を勝利で飾らせたかったんです！」

——ああ。

今更ながらに紫は気づく。すぐそばで特別な感情が輝きを放っていたことに。

自分はこんなにも強くこの人に想われていたのだ。

思えば、義和は限りある己の時間と体力の多くを、いつも紫のために割いてくれていた。彼の支えがなければ自分はここまで好きなことに専念できなかっただろう。

——わたしは……幸せ者だったんだな。

光のように理解が降ってきて、今や紫はすべてに納得がいった。

「義和さん、わたしは満足よ」

「え？」

不思議そうに涙に濡れた顔を向けてくる義和に、「だって、もっとずっと価値のあるものを見つけられたのだから」

そう言うと、紫は彼の背中を優しく撫でたのだった。

こうして紫は義和を本当の意味で特別な存在だと見なすようになり、彼を堂々と支援するようになる。

既存の枠に囚われない紫のユニークな助言もあり、以後の義和はさらに有能な人材として上層部に重用され、高みへ駆けのぼっていった。

そしてやがては鳳凰堂の中枢である、経営企画室の室長に就任するのだが——。

それはまた別の物語だ。

＊

長い昔話を語り終えた紫は、湯呑みに入った緑茶を静かに一口飲んだ。

「そんなことがあったんですか……」

栗田はテーブルの対面で呟く。

赤坂の瀟洒なビルの一階に入っている和菓子屋のイートインだった。芋どら焼きから連想したのか、紫がふいに自分と義和の昔話を聞かないかと言い出し、その厚意に預かっていたのである。

ちょっと簡単には感想を返せない、様々な物事の内側に入り込んだ話だった。

「あったのよねぇ」

紫が吐息交じりに言った。「わたしにも、なにも見えてなかった頃が。そして義和さんにも、磨かれていない原石の時代があった」

「みたいですね」

「でも——彼の本質はなにも変わってない」

「え？」

負けず嫌い、と紫は悪戯っぽく口にした。

「じつはそれに尽きるのよ。冷静に見えるけど、本当の義和さんは不屈の意地を胸に秘めた、筋金入りの負けず嫌い。だから栗田さんに対抗意識を燃やしちゃったんだと思うな。まぁ、本人がそれに気づいてるかどうかは知らないけど」

「対抗意識って、俺に？」

——まさか。

紫お得意の冗談かと思った栗田だが、それに言及する前に彼女が口を開く。

「栗田さんと同じくらいの年齢だったとき、義和さんはもっと遙かに苦しい境遇だったから……。あなたは今、立派に老舗の主人をやってるけど、あの人はグループの子会社の下働きだもの。男として、それなりの野心も持っていたからこそ、自分の将来を不安視していたはずよ」

紫はこう語った。

生まれついての〝持てる者〟に見られがちだが、義和は貧しい家の生まれ。子供の頃から新聞配達をはじめとした様々なアルバイトに勤（いそ）しみつつ、勉学に励んできた。決して最初から鳳凰堂の本社勤務で、エリートコースを歩んできたわけではない。子会社から出発し、様々な部署で実績をあげて出世していった、叩き上げだ。だから紫も実力を見込み、前社長も認めざるを得なかった――。

「義和さん、昔の自分と無意識のうちに重ねちゃったんじゃないかな？　決して殿上人がどうこうなんて、変な選民意識は持ってない。きっと自分でも想定してないものが出ちゃうくらい、栗田さんに感じるものがあったんだと思う」

「俺に……」

栗田は胸が熱くなり、激しく沸き立つような高揚の中で思い出す。

そうか――そうだった。

――俺も、じつは負けず嫌いだったな。

勝つか、負けるか。それは紫の思い出話に出てきた里村が言うように、最終的には些細（ささい）な事柄なのかもしれない。巨視的に見れば、この世は諸行無常だからだ。

だが、ひとつだけ心から同意することがある。

——本気で勝負したことのない者に、真実はわからない。

なにかに挑戦した者は、結果がどうあれ敬意に値する存在。——栗田はそう思う。

「俺、行きます。紫さん、今日はありがとうございました」

栗田は立ち上がった。

「もういいのね？」

紫が物柔らかに目を細めて微笑み、栗田はうなずく。

「急げば、まだ間に合うと思うんで」

「うん、ここはご馳走するわ。あなたの向かうべき場所に、行ってらっしゃい」

浅草まで戻った栗田は、バイクを駐車場に置いて雷門通りを駆け抜けた。

角を曲がると、オレンジ通りの栗丸堂に向かう葵の姿が目に入る。

——やっぱりいてくれたか。

自分と同様、向き合って話すべきだと心に決めたから、葵は赤坂から急に浅草へ向かったのだろう。——今なら話し合いの余地はある。

「葵さん！」

呼びかけると、葵がはっとした表情で振り向く。

栗田は素早く葵に駆け寄った。しかし彼女はやはり今までと同様に口を開かない。

だが無表情ではなかった。今ならわかる。

葵は眉根を寄せて唇の両端を下げており、その顔つき自体は以前と同じだが、受け取るこちらの心境が違っていた。様々な人から聞いた情報をもとに、自分なりの仮説を組み上げていたからだ。

葵のこの表情が示すものは、怒りではない。

おそらくは——不安。

どうやって自分の思う方向に事態を持っていけばいいのかわからないことから来る、悩みと心配の色なのだ。

「葵さん、すまなかったな」

栗田は続けた。

「謝ったりして、悪かった」

「えっ？」

葵が驚いて目を見開く。栗田はそっと息を吐いて続けた。

「だって、怒ってないのに謝られても、ただ混乱させられるだけだしな。だろ?」

そう、葵自身も言っていたのだ。謝った栗田に対して、「怒ってないです」と。

あのときはつい言葉の裏を読んでしまったが、じつは純粋に事実だったのだ。

「葵さんは——ほんとは俺をパートナーとして誘いたかった。だけど元日のあの日、俺が義和さんの言葉に答えられなかったから、それをしていいものか、不安になったんだろ? で、どうしたらいいのか、ずっとわからなかった。そうじゃないか?」

栗田はあの日の義和の発言を思い出す。

——栗田くん、君はどうだ? 我が身を省みて、胸を張って堂々と葵と並び立てる、同格の存在だと言えるのか?

まったくとんだタイミングだ、と栗田は嘆息する。義和のあの言葉はおそらく、葵の意識の底に沈んでいた疑問を代弁するものでもあったのだろう。

栗田は続ける。

「なんかさ、どっかの酔狂な社長が、今度とんでもないイベントをやるんだってな。全国和菓子職人勝ち抜き戦、だっけか? 日本中の優秀な和菓子職人を集めて、頂点決めますよってやつ。今あちこちの手練れに打診中だって、STリサーチの秦野さんが言ってた」

栗田は黒髪をくしゃりと掻いて言葉をつぐ。

「そんな大きな話が業界トップの鳳凰堂に行ってないはずがねえ。話題集めのためにも、主催者は葵さんを担ぎ出したいはずだ。エントリーがふたり一組ってのは案外、葵さんのために作ったルールなんじゃねえか――って、これはまあ、ただの邪推だけどな」

昔の怪我のせいで葵は右手が――日常生活は無難にこなせるものの――素早く正確には動かない。だからひとりで和菓子作りの大会に出るのは無理だ。

だが実作業を担当する、もうひとりの職人が一緒なら話は違う。

葵が指示を出し、それを敏捷（びんしょう）に形にできる息の合った相棒がいれば、葵はたちまち優勝候補に浮上するだろう。

そして、葵との共同作業に限って言うなら、栗田には盤石の自信がある。これまで葵に導かれて、色とりどりの多様な和菓子を作ってきたのだから。

葵のパートナーとして自分の右に出る者はいない。誰にも文句は言わせない。

「って、そんな背景があったんじゃねえのか？　推理っていうより直感に基づいた推察だけどな」

栗田が自説を述べると、葵は美しい目をぱちぱちとしばたたいて、

「すごいですね……」

まさしく虚をつかれたという口調でそう言った。

「栗田さん、やっぱりすごい！」

「ビンゴ」

栗田は口角を上げる。

「ええ、ええ、そのとおりなんです！　勘違いされてるのはわかってたんですけど、どう言えば伝わるのかと——。わたしは怒ってなんかいませんでした。急にお父様にあんなこと言われたら、誰だって言葉に詰まりますもん。わたしはあのときショックを受けて、悩んでしまっていただけなんです」

「ん、やっぱそうか」

葵は栗田に憤慨していたわけではなかったのだ。

「不安で、栗田さんと気持ちがすれ違って——しかもお父様が、あの場でお見合いの話なんて出すじゃないですか。あれには正直、むっとしました。お見合いの話自体は確かにあるんです。ただ、絶対いやだっていつも言ってるのに……。だからお父様には少し腹が立ってたかも」

「あ。それでか」

栗田がお見合いの件を口に出すと、葵は決まって冷淡な態度になった。それはもともとあった不愉快な気分を思い出させる引き金になったのだろう。そのときの葵は、父親に対して立腹していたのだ。

道理でやけに頑なな態度だと思ったよ、と栗田は息を吐く。

本当に今回は迷いに迷った。だが、わかってみればすべて納得がいく理屈だった。浅草に降り注ぐ冬の午後の陽射しに、今、あたたかな色が滲んでいる。体を動かしていなくても、もう寒くない。

やがて葵が俯きがちに口を開いた。

「勝ち抜き戦の話、少し前に連絡をいただいたんです。わたし——出てみたくて」

「ん。そうなんだろうな」

葵は心の底から出場してみたいのだろう。だからこそ「胸を張って葵と並び立てるのか」という義和の問いに栗田が答えられないのを見て、動揺した。

それだけ大会への思い入れが強かったからだ。いつも温厚な彼女が、自分の気持ちや行動をうまく制御できなくなるほどに。

「えっと……なんていうんでしょう。よく和菓子関係者の困り事の相談には乗ってますけど、わたし自身にこういう活躍の機会が来るなんて思わなかったんです」

葵が睫毛を伏せ、長い黒髪を片耳にかけて続ける。

「右手を怪我して以来、いろんなことを諦めて——今後は裏方として和菓子業界を支えていければいいなって考えてきました。でもわたし……じつは意外と往生際が悪かったみたいです。ふたり一組のルールなら、やれるかもしれない。もう一度、力を試してみたいと思ってしまって」

そういうことだったのか——。栗田は胸が締め付けられて、痛いくらいだった。

どう表現すればいいのだろう。

いうなれば、葵は本当はまだ飛びたいし、方法次第では飛べる鳳凰なのだ。

母親の紫のように、すべてやりきったことに満足して双翼を折りたたんだわけじゃない。片翼を失っただけで、その魂は今も希望を求めて、どこかを彷徨(さまよ)っている。

あるいは誰かに見つけてほしいのかもしれない、本当の欲求を。そして再び高みを目指したいのかもしれない。

彼女には、失われた己の欠片(かけら)を回復させる必要があるのだ。

だったら取り戻さなければ。なんとしても。

俺が取り戻してやるんだ。栗田は強くそう思った。

「なあ葵さん。その勝ち抜き戦、俺をパートナーに選んでくれ」

「……栗田さん？」

「頼む。俺はやってみせる。絶対に優勝をもぎ取ってやりてえんだ！」

葵のために——。そして自分のために。挑戦者でありたい。

そして結果を出せば、誰もふたりの仲に文句は言えまい。義和だって認めざるを得ないだろう。

葵は初めて本気で好きになった、誰よりも大切な人だ。どんな相手だろうと邪魔されてたまるか。

立ち塞がる困難は戦ってぶっ飛ばす。燃え上がるような心境で栗田はそう思う。

「わたしの方こそ、お願いします！」

葵が栗田を正面から見つめて叫ぶように言った。

「わたしのパートナーとして、勝ち抜き戦に参加してください、栗田さん！」

「——ありがてえ」

栗田は不敵にうなずいた。「こっちこそ頼む、葵さん！」

「はい！」

そして葵の表情がふわりと柔らかくほどけて、安心しきった幸せの笑顔になる。

「やー、よかったぁ……」

冬の浅草のオレンジ通りに、極上の笑顔の花がほわりと咲いた。

ここにだけ一足早く春が出現したようだ。その笑顔を見ながら栗田は考える。

あのとき義和には答えられなかったが、今なら自分の気持ちを肯定できる。言い訳して、耐え忍ぶのはもうやめだ。

そしてふと、忍ぶという語句から連想した言葉が、自然と口からこぼれ落ちる。

「——浅茅生の小野の篠原、忍ぶれど、あまりてなどか人の恋しき……か」

高校時代、国語の授業中に耳にした和歌だった。

浅茅の生えた小野の篠原ではないけれど、もはや忍ぼうにも忍びきれない。なぜこんなにもあなたのことが——。そういう意味だったと記憶している。

——俺はもう、自分の本心を抑制しない。

「葵さん」

栗田は葵に向き直ると、瞳の奥を見据えて続ける。

「ほんとは手紙を渡そうと思ってたんだ。平安時代の文みたいに、雅にな。でも考えてみりゃ、そんなまどろこしいのは俺の柄じゃねえ。直接伝えさせてもらう」

「は、はい」

静かに呼吸を鎮めている葵に栗田は告げる。

「俺が葵さんと同格か？　正直、今はまだそう思えねえ。言い張るだけなら自由でも実績がないからな。俺は口だけのやつは信用しねえんだ。それが自分でもな」

でも、と栗田は腹部に力を入れる。

「俺は証明する。その大会とやらで誰も文句を言えない結果を出して、あなたと並び立てる男になる。同格の男だと皆に認めさせる。俺が俺であるために」

そして、いつまでも隣に居続けるために——。

栗田の言葉に、葵の頬に鮮やかな朱が差した。長い睫毛に縁取られた目が濡れたように光っている。

「嬉しい」

葵が呟いた。

「わたしは……じつは格とか考えたことありません。人はみんな平等だし——いえ、現実的には必ずしも平等ではないかもしれないからこそ、理性ある人間として、平等であることを前提に生きていたいんです。ちなみに、わたし個人としては栗田さんの方がすごいと思ってます。だって立派に老舗の主人をやってて……かっこいいから」

そこまで口にすると葵は顔をさらに紅潮させて、

「……やはー。さすがに面と向かって言うと、ちょっと照れますねー」

と、おどけるように眉尻を下げて微笑んだ。

「葵さん」

「でも、栗田さんが、わたしたちのことを本気でよく考えて、そんなことを決意して言ってくれたおかげで、なんでしょう……なんでしょう。わたし今、胸がふわふわするような、あったかい気持ちになってます。この人に会えて幸せだと思ってます」

葵が両目を潤ませて告げた。

「栗田さん。一緒に——勝ちたいですね」

刹那、栗田の胸の中でなにかが打ち震えた。

共鳴する。これはきっと葵が右手を怪我して以来、心の内にずっと秘めてきた思いなのだ。それを限りなく間近に、触れられるくらいはっきりと感じた。

「ああ」

栗田は心からうなずく。

一緒に勝ちたい。この現実に。この必ずしも優しいだけじゃない世界の不条理に。

衝動的に体が動き、いつのまにか栗田は真正面から葵を抱き寄せている。

ケープコートを着た葵の左肩に自分の右手で触れ、艶やかな黒髪が流れる後頭部に左手を添え、抱きしめていた。

花のような甘い香り。力を入れると折れてしまいそうな細い体。

一瞬遅れて我に返り、俺はなにをやってるんだと栗田は愕然とするが、直後に気づいた。


——俺はただ、好きな人に触れたかっただけなんだ。

しかし、さすがに突発的すぎたのは否めない。

「……悪い」

謝って離れようとしたが、今度は逆に葵が栗田の腕をきゅっと摑んだ。

「色々ありましたね」

「えっ？」

葵はたまに唐突に予想もつかないことを口にして、栗田を驚かせる。

今年のお正月は本当に色々ありました、とささやいて葵は続けた。

「でも——だからわたしたち、今こうしていられるんだと思います。ねえ栗田さん。わたしにとって今日という日は、これ以上ないくらい光り輝いてます！」

その瞬間、栗田はわけがわからなくなるほど熱く激しい心の震えを感じた。ほとんど泣きそうになった。

——俺はこの感情をずっと感じていたい。

いつまでも隣にいたい。

だからこそ、そのための資格がどうしても欲しいんだ。

必ず手に入れてみせる――。栗田はそう心に誓った。

＊

「こんにちはー、来たわよ」

鳳城紫が浅草に足を運んだのは、澄んだ陽射しが降り注ぐ一月下旬の午後のことだった。栗丸堂の店内には白衣と和帽子姿の葵が待ち構えていて、

「いらっしゃいませ、お母様ー。さあ、どうぞこちらへ」

朗らかにそう言うと、紫をイートインの窓際の席に案内する。

先日、娘の葵から頼まれたのだった。お母様にご馳走したいものがあるから栗丸堂へ足を運んでほしいと。

娘にそんなことを言われるのは初めてで、紫は内心かなりわくわくした。だからスケジュールを決めて時間ぴったりに来た。

さあ、なにを食べさせてくれるのだろう？

――なんであれ、あの子が楽しそうに和菓子に関わっている……。今はそれだけで幸せだ。他に求めるものはない。

これも栗田さんのおかげねー、と紫が目を細めて微笑んでいると、栗田と葵がお茶と和菓子を運んできた。

「えっ」

紫が驚きの声をあげたのは、幾度となく夢に見た、しかし実際には見たことのない品だったからだ。

薄紅色の花のような――淡い炎の色をした和菓子。

ロールケーキを食べやすく薄く切ったような形で、おそらくベースは落雁だろう。だが落雁の部分は異様に分量が少なく、真ん中には黄金色の芋餡がたっぷり詰まっている。そんな不思議な和菓子が皿の上に三個ほど並んでいた。

紫は大きく目を見開いて凝視する。

「まさか……華幻糕？」

自分の声とは思えないほど切迫した声が出た。

「――を、俺たちなりに解釈したものです。こないだ奢(おご)ってもらった、芋どら焼きのお礼をしたかったので」

栗田の朴訥とした返事に、「お礼って」と紫は呟いた。

そんなに気軽に作れるようなものではない。これは現在は製法が失われてしまった、林伊豆奈による幻の創作菓子のはずだ。

「や、心残りだろうと思ったんです、先日の話を聞いて。食べたいのに食べられなかったものって、わりと素朴にずっと後を引くじゃないですか。そういうのって、じつは人間にとってかなり根源的で大事な欲求じゃないかって俺は思ってるんです。だからなんとか食べさせたくて、葵さんと相談して」

「葵と?」

紫が呟くと「やー、わたしたち今、特訓中なんです」と葵が柔らかく微笑んだ。

「特訓って——ああ! そういうことか」

全国和菓子職人勝ち抜き戦の件は、もちろん紫も知っていた。

人当たりはいいが、おそらくは相当な曲者(くせもの)であろう実業家、宇都木雅史から葵が出場を打診されていることも。

「栗田さんと一緒に出ることにしたのね、葵。だったら安心かも。そっか。それで仕事の合間を縫って、ふたりで共同作業のトレーニングをしてたんだ」

「さすが、察しがいい。そのとおりです」

栗田が首肯して言葉をついだ。

「どんな和菓子にするか、アイデアと作る手順を葵さんが説明して、俺が実際に形にする。葵さんも可能な範囲で実作業を手伝ってくれますしね」

「やー、今のところ、わたしたちのコンビネーションは最&高です！」

葵が屈託のない笑顔で言った。

「そうなんだ」

紫もつい可笑しくなって目を細めたが、ふと和んでいる場合ではないと思った。

「でも葵、どうやって？　まさか伊豆奈さんから製法を教わったの？」

「いやいやー、いくら宿命のライバルでも、ずっと昔に引退した人を捜すのはちょっと。だからわたしなりに想像力を働かせてみました」

「想像力……？」

「想像は、創造の第一歩だから」

葵はふわりと軽やかな口調で続けた。

「まず、華幻糕というからには、白雪糕の一種なのだと仮定しました。栗田さんから聞いた話だと、落雁に似てるということだったので――」

白雪糕とは押物の前身で、今を遡ること江戸時代によく作られた和菓子だ。

加熱していない、うるち米粉や、もち米粉に、砂糖と水を混ぜて蒸したもので、場合によっては様々な生薬や植物の実なども粉にして一緒に入れる。滋養に富むものだと伝えられており、江戸時代の僧侶である良寛(りょうかん)も、「白雪羔(はくせっこう)(糕)少々御恵たまはりたく候」——そんな手紙を親しい菓子屋に向けて書いている。

だが時代の流れとともに、製法が便利なものへと移り変わっていった。米などから作った粉を事前に熱処理して使うようになり、すると製法は落雁と同じになる。白雪糕は、落雁の中に吸収されて今に至るのだった。

「そりゃわたしも白雪糕のことは頭にあったけど、さすがに考える材料が足りなすぎてねぇ……。葵はなにを想像したっていうの？」

「想像というか、言ってしまえば妄想なんですけどね。華幻という言葉から、華々しい幻のイメージが湧いたので。お母様、ひとまず食べてみて」

「ん。それもそうね」

葵の勧めに従って、紫は菓子楊枝で華幻糕らしきものの一切れを口に運ぶ。さらっと細かい粒の塊のような口当たり。干菓子だ。

そう思ったが、歯を立てると意外にも柔らかい。乾燥しきっていなかった。

余程、入念に調整したのだろう。水分と空気を程よく含み、ふかふかしている。だが食感を存分に楽しむ前に、その部分は舌の上でさらさら溶けて、幻のように消えてしまった。もともとの分量が少ないから、さもありなん。

その部分の後味と、混ざって深みを増した、ねっとりと甘い芋餡が口の中に残っている。

紫は悟った。

中に仕込むものの風味と感触を引き立たせるための、一瞬の華やかな幻。

だから華幻糕――。葵はそう解釈したのか。

「試行錯誤の結果、白雪糕の部分には、国内最上級のもち米を蒸して、干した粉を使ってます」

葵がそう解説して続けた。

「あとは鳳城家の秘伝の塩と和三盆を練り込み、水分含有量を栗田さんに調整してもらって――。ポイントはまさしくそこ。見た目は干菓子だけど、これは空気と水分をバランスよく含んでて、柔らかいんです。全体的に、栗饅頭(くりまんじゆう)くらいのイメージで仕上げてもらいました」

「かなり手こずったけどな、生落雁。何十回作ったことか」

栗田が苦笑いした。

「……そういうことだったのね」

紫は瞼を閉じて、口の中の甘い後味にうっとりと浸る。

葵のこの解釈が、正解なのか不正解なのか、今となっては知るよしもない。

だが確かに我が心を打って納得させてくれた。今のわたしにとってはこれが華幻糕であり、最も華やかな幻なのだ——。

紫の胸に懐かしい日々が甦る。

憧れの人に一度でいいから勝ちたくて、追いかけた。

今でも時折夢に見る、あの日の大阪の出来事。胸をときめかせた大都会の古墳。

本当に楽しかった。

時が流れても思い出は色褪せない。価値のある時間をわたしは生きたのだ。

いつも、美しい和菓子とともに。

「ありがとう葵、栗田さん……。夢の続きを見させてくれて。でもね、あなたたちは夢を具体的な目標に変えて、その手に摑みなさい。あなたたちならできる」

これだけ才気溢れるふたりに、できないはずがないじゃないか。

紫は葵と栗田に愛情を込めて、にっこりと微笑みかけた。

「はい！」

ふたりは力強くうなずいた。

＊

そして時間は過去に遡る——。

東京、月島のもんじゃ焼きの店の中で、秦野勇作は息を潜めて事態を見守っていた。友人の勧めでその店に足を運んだところ、予想もしない場面に遭遇したからだ。

年齢も立場も違うふたりが、カウンターを挟んで視線を衝突させている。

ひとりは気鋭の経営者、宇都木雅史。

もうひとりはかつて勝負師と呼ばれた元和菓子職人、林伊豆奈。

尋常ではない雰囲気だが、本質的にどんなやりとりなのか、秦野にはわからない。

だからこそ、店内の壁のくぼみのテーブルから静かに目を凝らす。一瞬も視線を切ることなく。

「〝彼女〟の意志を継ぐ者に挑まれたら――今のあなたは勝てますか？」

宇都木が言った。

世にも恐ろしい笑顔を宇都木は浮かべ、伊豆奈の返答を待っている。

両目を見開き、頬肉を持ち上げて、白い歯を剥き出しにしていた。感情を持たない能面が無理やり作り出したような異様な笑みだ。

「……魔性の者か、あんたは」

伊豆奈が独りごちた。

「いえいえ。私など何者でもありません。上宮暁と違って、私は本物の殺人者ですらない」

――なんだと？

秦野は思わず席から立ち上がりそうになる。今あいつはなんと言った？

衝撃的な発言の後も宇都木の笑顔は変化しなかった。あらゆるものを受け止めて、なお快活に破顔している。

虚言で惑わせ、混乱させようとしているのか。まさに魔性の者。かつて勝負師と呼ばれた女性も隙をつかれ、たちまちこの男にむさぼり食われてしまうのでは――。

そんな錯覚すら秦野は抱いた。

しかし。

腕組みした伊豆奈が、ふっと笑って口を開く。

「あんたの正体が何者かは知らないが――あたしの前でそれを餌に使うとはな」

刹那、秦野はぎょっとする。伊豆奈もまた不可視の迫力としか言いようのないものを全身から放ち始めたからだ。

その実態は――激しい怒り。

伊豆奈は抑制しているようだが、小柄な体の各所に力が入り、肩が持ち上がって、眼光も刃のように研ぎ澄まされていた。理屈を超えて伝わってくるものがある。まるで熱い気迫が煙のように立ちのぼっているようだ。伊豆奈の全盛期を知る者なら、それを民のかまどと表現しただろう。秦野は伊豆奈の背後に破邪の光を見た。

「いい気になるな、宇都木さんとやら」

伊豆奈が鋭い目で言い放つ。

「人にはそれぞれ逆鱗ってものがある。迂闊にこれに触れるのは、驕り高ぶった愚人のすることとや。あんたの企みは、このあたしが潰す」

怒りが伊豆奈の言葉づかいを関西弁に変えていた。

「いいでしょう」

宇都木が満足そうにうなずいた。「よろしくお願い致します」

ふたりの間に沈黙が降りてきて、滾った空気が冷えていく。

どんな結末に辿り着いたのかは不明だが、ひとまず話は終わったようだった。

それはきっとごく短い時間の出来事だったのだろう。だが過去と現在の様々な事象が凝縮された、濃密な一幕だったと秦野は感じた。まるで膨張する混沌とした白昼夢のように。

——まったく。

秦野はそっと溜息をつく。

自分も呑気にしている暇はないと直感が言っている。今までにない途轍もないことが始まる予感がした。

あとがき

似鳥航一（にとりこういち）です。栗丸堂シリーズでは初の正月の物語をお届けしました。

偶然ながら、このあとがきを書いているのも一月で、つい先日までは東京にも仄かな正月気分が漂っていました。しかし七日に新型コロナウイルス感染症の拡大防止のため、二度目の緊急事態宣言が発令されたことで吹き飛んだ印象です。今年は帰省せずに東京で年を越したこともあって、作中より現実の方がずっとフィクションじみて感じられました。


さて、正月といえば思い出すのは、やはり子供の頃のこと。当時は本当に待ち遠しかったものです。祖父母の家で、昔の物事を見聞きするのが楽しみだったのですね。

一度、本物の臼と杵（きね）を使った餅つきを体験させてもらったことがあります。杵で餅をつく合間に、祖母が手に水をつけて臼の中の餅をひっくり返すのですが、幼心にどきどきしました。間違って祖母の手を杵で潰してしまったらどうしよう、と怖かったのです。今となっては懐かしく、ありがたい思い出です。そういった経験が和菓子作りを主題にしたこの物語にも無意識のうちに影響を与えているのでしょうから。

和菓子作りということに話題を移すと、この巻にはある特殊な創作菓子（あとがきから読む方がいるかもしれないので名前は伏せておきます）が登場します。具体的にどんなものなのかは皆様の想像力にお任せするとして——。

今回の話にはふたつのテーマがあります。ひとつめ（表）は栗田と葵の行く末について。ふたつめ（裏）は互いに認め合っているふたりの女性の長きにわたる強く静かな感情について。構成としては裏で表を挟み、包むようにして主軸となる中心を餡の味のように引き立たせるという試みです。一種の見立てとして、作中の創作菓子の趣がそれとなく伝わるといいのですが。

とはいえ、見えない部分にはあまりこだわらず、自然に読んで楽しんでもらえるのが書き手としてはシンプルに嬉しかったりもします。実際の和菓子職人にも同様の考えの方は多いのではないでしょうか。どうなのでしょうね。

以下より謝辞になります。魅力的な表紙を描いてくれたわみずさん。丁寧な仕事をしてくれた編集者、校閲者、デザイナーの方々。そして読んでくださった皆様、どうもありがとうございました。またお会いしましょう。

似鳥航一

<初出>

本書は書き下ろしです。

この物語はフィクションです。実在の人物・団体等とは一切関係ありません。

◇◇メディアワークス文庫

いらっしゃいませ　下町和菓子　栗丸堂3

鳳凰堂の紫の上

似鳥航一

2021年３月25日　初版発行
2024年３月10日　４版発行

発行者　山下直久
発行　株式会社KADOKAWA
〒102－8177　東京都千代田区富士見2－13－3
0570-002-301（ナビダイヤル）
装丁者　渡辺宏一（有限会社ニイナナニイゴオ）
印刷　株式会社KADOKAWA
製本　株式会社KADOKAWA

●お問い合わせ
https://www.kadokawa.co.jp/（「お問い合わせ」へお進みください）
※内容によっては、お答えできない場合があります。
※サポートは日本国内のみとさせていただきます。
※Japanese text only

※定価はカバーに表示してあります。

Printed in Japan
ISBN978-4-04-913750-7 C0193

メディアワークス文庫　https://mwbunko.com/

本書に対するご意見、ご感想をお寄せください。

あて先
〒102-8177　東京都千代田区富士見2-13-3
メディアワークス文庫編集部
「似鳥航一先生」係

◆◇◇

いらっしゃいませ 下町和菓子 栗丸堂
「和」菓子をもって貴しとなす
似鳥航一

大ヒット作『下町和菓子 栗丸堂』、新章が開幕——

東京、浅草。下町の一角に明治時代から四代続く老舗『甘味処栗丸堂』はある。

端整な顔立ちをした若店主の栗田は、無愛想だが腕は確か。普段は客が持ち込む騒動でにぎやかなこの店も、訳あって今は一時休業中らしい。

そんな秋口、なにやら気をもむ栗田。いつもは天然なお嬢様の葵もどこか心配げ。聞けば、近所にできた和菓子屋がたいそう評判なのだという。

あらたな季節を迎える栗丸堂。葉色とともに、和菓子がつなぐ縁も深みを増していくようで。さて今回の騒動は？

メディアワークス文庫

そして、その日まで君を愛する

似鳥航一

読む順番で変わる読後感！
愛と幸福の物語はこちら。

十二歳の夏を過ごしていた少年・嵯峨愁。しかし、彼はあるとき“心”だけが三十年後に飛ばされ、将来生まれるという自分の息子・ナツキの少年時代の心と入れ替わってしまう。

途方に暮れる愁に、そっと寄り添う不思議な少女・雪見麻百合。彼女にはある秘密があって──。

「偶然じゃなくて、運命なのかもしれませんよ？」

長い長い時を超えて紡がれる大きな愛の回想録。

──物語は同時刊行の『あの日の君に恋をした、そして』に続く。

メディアワークス文庫

第18回電撃小説大賞〈メディアワークス文庫賞〉
受賞作家が贈る、心優しいミステリー。
悩み相談、ときどき、謎解き？
成田名璃子
イラスト☆日野かほる
いろんな悩みを抱える人々が、
今日も街角の彼女のもとに集う――。
昼間はOLにして鍵穴からの観察者、ミス・アースカ。夜は街角の婚活占い師として人気のミス・アンジェリカ。女達の悩みのエネルギーを換金するために始めたインチキ占いだったが、いまやその街角には、様々な悩みを抱える人々が集ってくる。恋愛相談をはじめ、結婚運や仕事運、さらには不倫関係まで悩みは尽きることがない。だがまれに一風変わった悩みを持ち込まれることがある。隣でキャンドルを売る誠司のおせっかいもあり、度々それぞれの事情に巻き込まれてしまい――。
悩み相談、ときどき、謎解き？
成田名璃子
悩み相談、ときどき、謎解き？？
悩み相談、ときどき、謎解き？
～占い師 ミス・アンジェリカのいる街角～
悩み相談、ときどき、謎解き？？
～占い師 ミス・アンジェリカの消えた街角～

神楽坂・悉皆屋(しっかいや)ものがたり

着物のお直し、引き受けます。

行田尚希

心を豊かにしてくれる、着物にまつわる短編連作。

鎌倉にある呉服屋の長女・紬は、どうしても着物に興味をもてず、店の経営に腐心する日々を送っていた。そんな様子を見かねた両親の強引な指示によって、彼女は神楽坂の路地裏に建つ悉皆屋で修業することになる。

仕立て直しや洗い張りなど、着物のメンテナンスを一手に引き受ける悉皆屋。飄々とした店主や軟派な大学生らと共にこの店で働くうち、紬はこれまで気づかなかった着物の魅力にはまっていく――。

瀟洒な街・神楽坂には、日本伝統の美が、よく似合う。

第26回電撃小説大賞《選考委員奨励賞》受賞作

そして、遺骸(ゆいがい)が嘶(いなな)く ―死者たちの手紙―

酒場御行

戦死兵の記憶を届ける彼を、人は“死神”と忌み嫌った。

『今日は何人撃ち殺した、キャスケット』

統合歴六四二年、クゼの丘。一万五千人以上を犠牲に、ペリドット国は森鉄戦争に勝利した。そして終戦から二年、狙撃兵・キャスケットは陸軍遺品返還部の一人として、兵士たちの最期の言伝を届ける任務を担っていた。遺族等に出会う度、キャスケットは静かに思い返す――死んでいった友を、仲間を、家族を。

戦死した兵士たちの“最期の慟哭”を届ける任務の果て、キャスケットは自身の過去に隠された真実を知る。

第26回電撃小説大賞で選考会に波紋を広げ、《選考委員奨励賞》を受賞した話題の衝撃作！

メディアワークス文庫